ননসেন্স

(Nonsense)

AF107602

আশিস কুমার বন্দ্যোপাধ্যায়
(Asis Kumar Banerjee)

BlueRose ONE .com
Stories Matter
NewDelhi • London

BLUEROSE PUBLISHERS
India | U.K.

For permissions requests or inquiries regarding this publication, please contact:

BLUEROSE PUBLISHERS
www.BlueRoseONE.com
info@bluerosepublishers.com
+91 8882 898 898
+4407342408967

ISBN: 978-93-5989-973-2

Cover design: Tahira
Typesetting: Tanya Raj Upadhyay

First Edition: February 2024

তখন আকাশ

শ্রী শ্রী সরস্বতী নম:

শ্রী শ্রী সিদ্ধিদাতা গণেশায় নম:

কলিকাতা, ইং ৬ই জুলাই, ২০০১, শুক্রবার।

তখন আকাশ। আকাশের কোন রঙ হয়নি। শুধু ঘন। চোখ মেলে ভালো করে দেখা যায় না । সব কিছুই এক রকম মনে হয়, কেউ কারো থেকে আলাদা নয়। সব কিছু মিলে জড়সড় হয়ে সবাই সবাইকে আষ্টে পৃস্টে জড়িয়ে ধরে আকাশ হয়ে আছে।

এক সময় সেই আকাশে যেন একটু দোলা লাগল, খুব পাতলা সরের মত কিছু আকাশের মুখে চোখে ছোঁয়া লাগলো, জড়িয়ে গেল কপালে, গালে, ঠোঁটে , গলায়। কি লাগলো আকাশের মুখে, মাথায়, গলায়, ঠোঁটে ! পাতলা সরের মত ! ভালবাসা , ভালবাসা ।

সেই ভালবাসা বাষ্প হয়ে ছড়িয়ে যাচ্ছে। আকাশের গায়ে মাখামাখি হয়ে একটু একটু করে এক জায়গায় জড় হয়ে হিম রঙের হিমানী হয়ে তিরতির করে আকাশের কপালে একটু ছোঁয়া হয়ে দুলতে লাগলো - এই বুঝি পড়ল খসে, আর পড়ে গেলে তো সব ছড়িয়ে যাবে, কি হবে এখন ! পাখিরা সব কলরব করে উঠলো - সবাই কেউ কিছু একটা কর ! চাঁদ ছুটে এসে আকাশকে জড়িয়ে ধরে বললো এই দেখো আমি আছি। চাঁদ তার সমস্ত আলো ছড়িয়ে দিল -

কোথাও আর একটুও আঁধার রইল না - ভারী সুন্দর পাতলা মায়াবি আলোয় সারা আকাশ ভরে গেল।

ঠিক সেই সময় আকাশের কপালে ছোঁয়া হিম রঙের হিমানির মধ্যে প্রানের প্রদীপ জ্বলে উঠলো। কি ছিল সেই তিথি ! পাঁজি-পুঁথিতে যাই লেখা থাক - সেই তো হলো আসল তিথি।

সেই আসল তিথিতে প্রাণ প্রদীপে ভরা উজ্জ্বল হিম রঙের হিমানি বিশ্ব ভূবন দুলিয়ে দিয়ে আকাশের গালে কপালে শেষ ছোঁয়াটি বুলিয়ে দিয়ে, চোখে-ঠোঁটে চুমিয়ে দিয়ে টুপ করে পড়ল খসে অসীম আকাশে।

হিম রঙের হিমানী তার মাঝে প্রানের প্রদীপ জ্বালিয়ে গাছ থেকে ফুল পড়ার মত পড়ল খসে আর তুলোর মত ভাসতে ভাসতে কোন সে সাগর, কোন সে দেশে চললো ধেয়ে। বাতাস তাকে আগলে রাখে যাতে কোথাও না যায় হারিয়ে। চাঁদের আলোয় পাখিরা সব নজর রাখে যাতে কোথাও না যায় হারিয়ে।মেঘেরা সব সাজিয়ে থেকে ঘিরে থাকে সূর্য্য যেন কিরণ ছড়ায় দেরিতে - হিমানী যাতে না যায় গলে , না যায় হারিয়ে।

সময় যে যায় ! কেউ কখনো ও ভাসতে পারে এমন করে প্রাণ প্রদীপের আগুন শিখা বুকের মাঝে জ্বালিয়ে রেখে ! গাছের পাতা এগিয়ে দিল নিজের শরীর, বসতে বলে। পাখিরা পালক খুলে ভাসিয়ে দিল যদি নৌকা ভেবে পছন্দ হয় হিম প্রদীপের ! সাদা ভালুক বরফ মাঠে ছুটে চলে, মাছেরা সব নদীর জলে নজর রাখে, সবাই মিলে ব্যস্ত ভীষণ - হিমানী যাতে না যায় গলে, না যায় হারিয়ে।

এমন করে কত যে সে ভাসল তা কেই বা জানে, কিন্তু যখন ঘুমের টানে শিশির ভেজা শয্যা খোঁজে - আর সেই সময়েই ঝিনুক - হ্যাগো ঝিনুক ই তো - আসতে করে ধরল মাঝে নিজেকে সে, আর তিথি তখন কেমন ছিল কেই বা জানে, হিমানী তার প্রদীপ নিয়ে ঝিনুক নরম বুকে শুয়ে পড়ল ঘুমিয়ে।

আর আকাশ সমুদ্রে বাস করা সেই ঝিনুক, সে ঝিনুক তখন হিমানী প্রাণ প্রদীপের শিখা নিয়ে চলতে চলতে, ভাসতে ভাসতে, দুলতে দুলতে নেবে এলো মাটির পৃথিবীতে। তখনও আকাশে চাঁদের আলো। কিন্তু সুয্যি মামা এবার ধীরে ধীরে গায়ে লাল জামা পরে হামা দিতে দিতে ঘরে-দুয়ারে-উঠনে ছড়িয়ে পড়বে।

কিন্তু তখনও তো খুব ভোর। বাবা ঘুমোচ্ছে, মা ঘুমোচ্ছে, দাদু-ঠামা সবাই ঘুম ঘুম। পাখিরা উঠেছে, প্রজাপতিরা পাখা নাড়াচ্ছে, জানলা দিয়ে পাতলা সুগন্ধ সুয্যি মামার সাথে যেই ঢুকে পড়ল, সাথে সাথে সেই তিথিতে ঝিনুকের ভেতর হিম প্রদীপের ও ঘুম ভেঙ্গে গেল। আর চোখ মেলে চেয়ে উঠে সব কিছু অচেনা দেখে কেঁদে উঠলো।

আর সেই কান্নায় বাবা-মা-দাদু-দিদা-ঠামার সবার ঘুম ভেঙ্গে গেল। তখন শুধু ছুটোছুটি, হাসি কান্নার গড়াগড়ি। পাখ-পাখালির মুখে মুখে খবর ছুটে গেল ঠিক তিথিকে ঝিনুক কেমন হিম প্রদীপটি জ্বালিয়ে নিয়ে এসেছে। সুয্যি মামা ঘরে ঢুকে অবাক হয়ে সেই শিখাকেই দেখতে থাকে।

বাড়িতে তখন শঙ্খ বাজে, কাঁসর ঘন্টা বেজে ওঠে।দেবালয়ে দেবারতি - ধুপধুনা মঙ্গল কামনা।আর মা

কেমন সব কাজ ফেলে অবাক চোখে হিমানী প্রদীপকে কোলে করে শুয়ে থাকে। শুধু ভাবে কেমন করে এলো আমার কোলে-আমার কাছে, টের পেলাম না তো!

কলিকাতা, ১১ই ডিসেম্বর, ২০০১, মঙ্গলবার।

বাড়ির সদর দরজা দিয়ে বেরিয়ে পুবের পানে চাইলেই দেখবে একটা পাহাড়। আসলে সেটা পাহাড় নয় - টিলা ! সেই পাহাড়টা কেমন যেন কুয়াশা - কুয়াশা, মেঘ - মেঘ, অল্প সবুজ, কোথাও বা কালো কালো ছোপ - ছোপ। কোথাও বা ধূসর। মস্ত বড়। আর বাকি সব জমি সবুজ বা কালো কোথাও বা বেলে রঙের, আবার কোথাও বা ধূসর। সব জমি, মাঠ ঢেউ খেলানো, উঁচু-নীচু। কিন্তু সবার মাথা ছাড়িয়ে মস্ত বড় জায়গা জুড়ে রয়েছে সেই পাহাড়, তার নাম মেঘপাহাড়ি। আবার জায়গার নামও মেঘপাহাড়ি। সেই পাহাড়ের গায়ে-মাথায় কালো রঙের বড় বড় সব পাথরের চাঙড়। রুখু-সুখু - ঝুরো মাটি - আবার কোথাও বা কাঁকুড়ে মাটি। যেখানে নরম মাটি সেখানে বাবলা গাছ। আকাশমনি হেলে বেঁকে দাঁড়িয়ে, আর বেঁটে বেঁটে ছোট ছোট নাম না জানা কিছু গাছ আর ঝোপ ঝাড়। অন্য কিছু লতা পাতা সব। পাহাড়ের একদিকটা ভিজে ভিজে - সবুজ ঘাস আর শ্যাওলা। সেদিকে পাখির মেলা, ছাতারে, শালিখ, বুলবুলি, দোয়েল, ফিঙে, মাছরাঙা, এরকম সব, আর আছে বক, চিল। আরো কত কি!মেলা পাখি। তাদের হরেক ডাকে জায়গাটা মুখরিত।ছোট ছোট ঝোপ ঝাড়, বুনো ফুল, কুল গাছ, গাব গাছ। সোঁদা সোঁদা গন্ধ। গাছ গাছড়া যেখানে সেখানটা সবসময় ছায়ায় ঢাকা, কুয়াশা জড়ানো, খুব পাতলা মেঘে মেঘ মত। সেই ভিজে পাহাড়ের জল ঝরে ঝরে টিলাটার পায়ের কাছে সরোবর। তাতে শাপলা শালুক। জলের

মধ্যে গেঁড়ি, গুগলি, ছোট ছোট কাঁকড়া, সাপ, ব্যাঙ। জলে আছে ল্যাঠা, বেলে, কই, মাগুর, সিঙ্গি, পাঁকাল।বক, মাছরাঙ্গা, পানকৌড়ি আর চিল। সরোবরের জল উপচে একটা নালা মত - নালার জল এঁকে বেঁকে উঁচু নীচু ঢেউ খেলানো মাঠের মধ্য দিয়ে চলে গেছে ...... তাতে জল নেই বেশি ...... কাঁকড়, পাথর আর নুড়ি অনেক। নালার জলে পায়ের হাঁটুর তলায় জল .... তাতে আছে মৌরলা, আর তেচোখা মাছ। তিরতির করে সাঁতার কাটে ঝিমিঝিমি স্রোতের উল্টো দিকে।

তিথি বাড়ির দরজায় বসে সেই মেঘ মেঘ আলোছায়া মাখা কুয়াশা জড়ানো মেঘ পাহাড়ি টিলার পানে চেয়ে থাকে। তিথির পাশ দিয়ে পায়ে চলা আঁকা বাঁকা পথ ধরে মেঘ্‌পাহাড়ির দিকে চলে যাচ্ছে যে ছেলেটা তার হাতে গামছায় বাঁধা থালা ঘটি বাটি। হাতে ছোট লাঠি। সেটা সে এইমাত্র কুড়িয়ে পেয়েছে, আসলে ভাঙ্গা গাছের ডাল। কপালে আর মাথায় লতা-পাতা জড়িয়েছে নিজের খেয়ালে। দিব্বি মনে হয় বন-বালক। তার নাম সারঙ্গদেব। সে তিথির বন্ধু বটে। তার পানে একমনে চেয়ে থাকতে থাকতে চোখের পাতায় ঝিম নেমে আসে, দুপুরের রোদে চারিদিক শুনশান। কুবো পাখির কুব কুব ডাক শুনতে শুনতে তিথি ভাবে একদিন সারঙ্গর সাথে সেও যাবে মেঘ সরোবরে। সেখানে সারঙ্গর বুড়ো দাদা ছিপ ফেলে বসে থাকে। কোনো দিন মাছ ওঠে না। সারঙ্গ একদিন তাকে আসল রহস্যটা বলে দিয়েছে। ছিপের ডগায় বঁড়শি নেই, সুধু খাবার গেঁথে ডুবিয়ে দেয়। .... হি..হি..হি..হি.....

ওই দ্যাখ মেয়ে উঠোনে সদর দরজায় হেলান দিয়ে ঘুমিয়ে আছে। মেলায় কেনা কটকটে সবুজ রঙের কাপড়ের পাখিটা ধরা রয়েছে হাতে। তুলে এনে বিছানায় শুইয়ে দাও। এখন কি আর খাবে ! থাক থাক পরে খাওয়ালেই হবে। এখন একটু ঘুমিয়ে নিক। বাবা তো একটু পরেই ডিউটি সেরে ফিরবে। তখন বাপের সাথে খাবে। আপের গাড়ি যায়নি এখনও। আপের গাড়ি যাবে, তারপর ডাউন এর গাড়ি যাবে। তবে তিথির বাবা আসবে। কোন কোন দিন কুন্দন কাকা সাথে থাকে। কুন্দন কাকা সারঙ্গর বাবা হয়। ডাক পিয়ন। আসলে নিজেদের অনেক চাষ আবাদ আছে। তার মাঝে সময় করে ডাক পিয়নের কাজটাও করে নেয়। কোনো কোনো দিন রেললাইন এর ওপারে সেই অনেক দুরে যে শিয়ালমারির প্রান্তর ..... সেই প্রান্তর পেরিয়ে টিংনা - সনাতন বাটি গঞ্জ আছে, সেখানে চিঠি বিলি করে ফেরার পথে ভক্তময়রার দোকান থেকে ছানার মুড়কি আর বাতাসা নিয়ে আসে। তখন তিথির হাতে দিতে গিয়ে বলে .... ওমা ! খুকির কি সোন্দর ছোট্ট পানা হাত ! বাতাসা বুঝি একটার বেশি দুটো ধরে না ! তিথি তখন বলে "ও কুন্ন কাকা ......" তিথি কুন্দন বলতে পারে না .... "তুমি যে টিংনার তেপান্তরের মাঠ পেরিয়ে যাও তোমার ভয় করে না ? তুমি যদি কখনও সেখানে বাঁশ ঝাড়ে নীলকন্ঠ পাখিটাকে দেখতে পাও তবে একবার আমার কাছে আসতে বলে দিও। ভুলবে না কিন্তু।" কুন্দনকাকা তিথির অন্য হাতে ছানার মুড়কি ভরে দিয়ে বলে ...."ও জনাদ্দন ! তোমার মেয়েটা এমন ভাবুক হলো কি করে বলতো !" তারপর মা কে ডেকে বলে এই যে বৌদিমা তোমার বাপের থেকে চিঠি এয়েছে। মা তখন হাসতে হাসতে চিঠিটা নিয়ে বলে আচ্ছা কুন্দ দাদা বৌদি আর মা কি একসাথে বলা

যায় নাকি ! কুন্দন কাকা তখন মহা অবাক হয়ে বলবে বউ-মা যদি হয় তো বৌদি-মা ও হয়। মা তখন বলবে ছায়ায় এসে একটু বোস দেখি । জিরিয়ে তবে জল খেয়ে যেও। মানদা পিসি কাল মুড়ি ভেজে দিয়ে গেছে আর নাড়ু করেছি। খেয়ে যেও আর সারঙ্গর জন্যে নিয়ে যেও। তার কিছু পর আবার কুন্দন কাকা সাইকেল চড়ে চলে যায়। বেল বাজাতে হয় না, এমনিই উঁচু নিচু রাস্তায় টুং টুং করে ঘন্টির আওয়াজ হয়। মাঠে খোঁটায় বাঁধা গাই গরু আর বাছুরেরা মুখ তুলে দেখে। মেঘ পাহাড়িকে কুয়াশায় ঢাকা এক তাল মেঘ বলে মনে হয়। তার ওপারে গ্রাম নেই, ক্ষেতি নেই। শুধু তেপান্তরের মাঠ। তার ভেতর দিয়ে মেঘ্সরোবর থেকে বেরিয়ে মেঘুনালা এঁকে বেঁকে চলে গেছে। আর সেই নালার ওপরে লোহার পোল। সেই পোল পেরিয়ে রেল লাইন। রেল লাইন এর ধারে রেলের কেবিন। সিগন্যাল দেওয়া হয় সেখান থেকে। সেখানে তিথির বাবা কাজ করে। লোহার পোলে সাইন বোর্ডে হলদে-কালো দিয়ে লেখা "মেঘনালা" ......

কলিকাতা, ২৬ডিসেম্বর, ২০০১,

সরোবরের জলে ছিপ ফেলে বসে থাকে অষ্টা। আসলে তার নাম অষ্টদেব। সে কুন্দনের বাবা হয়, সারঙ্গদেবের ঠাকুরদাদা। অষ্টা বসে থাকে ছিপ ধরে - চুপ করে। চোখে নীল মোটা কাঁচের রোদ চশমা। পাঁচ বছর আগে জেলার হাসপাতালে একবার তার চোখে কাটাছেঁড়া করা হয়েছিল। তখন এই রোদ চশমাটা পরতে দিয়েছিল। তা সে তখন থেকেই পরে থাকে। সেই ঘন নীল কাঁচের আড়ালে বোঝা যায় না জেগে আছে নাকি ঘুমিয়ে ! তার পাশে গাছের তলাতে মাটির ভাঁড়ে কেঁচো। মাছের খাবার। কাপড়ের ব্যাগ এ টিনের

কৌটোতে চালভাজা আর ভেলিগুড়। গায়ে পিঠে গামছা জড়ান। খাট ধুতি। পাশে রাঙ্গা লাঠি, মোটা চটি। কাপড়ের ব্যাগ এ একটা বাঁশের বাঁশি আছে।

সারঙ্গ গামছায় বাঁধা ঘটি-বাটি নিয়ে পথের ঝোপেঝাড়ে লাঠির বাড়ি মারতে মারতে ঠাকুরদার পেছন থেকে হা-লু-ম-করে ভয় দেখায়। অষ্টা মুখ ঘুরিয়ে বলে ওই দেখ আবার ওরকম করে ! বলেছি না গোলমাল করলে মাছ সব পালিয়ে যায়। সারঙ্গ বলে তাতে তোমার কি ! তোমার ছিপে তো বড়শী নেই ! মাছ থাকলেই বা কি আর পালালেই বা কি ! অষ্টা তখন বলে, ওমা সেকি কথা, আমি মাছ না ধরলে তারা খাবে কি ! সারঙ্গ জানে একটা নাকি বেজায় বুড়ো ভুঁড় শেয়াল আছে - ওই খানে, মেঘপাহাড়ির পাথরের গর্তের মধ্যে থাকে।ঠাকুরদাদা ঘটি-বাটিতে ভরা সব খাবার খেতে পারে না, যা বেশি হয় তা একটু দুরের একটা গাছের তলায় পাথরের ওপর রেখে দ্যায়। তারপর সেখান থেকে সরে এলে সেই এক চোখ কানা বুড়ো ভুঁড় শেয়ালটা এসে খেয়ে নেয়।সরোবরের জলে হাত মুখ ধুয়ে, চোখের রোদ চশমাটা খুলে সারঙ্গর আনা খাবার খুলে বসে। সারঙ্গ তখন নীল চশমাটা চোখে দিয়ে চারিদিক দেখতে দেখতে বলে, মা বলে দিয়েছে বেশী দেরী করুনি যেন, তাড়াতাড়ি ফিরতে হবে। অস্টা তখন তরকারী দিয়ে ভালো করে ভাত মেখে বলে আয় দাদু আমার সাথে দুগাল খাবি। একদিন এমন দুপুরে অস্টা বললো হ্যাঁরে দাদু তোকে তো তোর বাপ-মা মামার বাড়ি পাঠিয়ে দেবে ইস্কুলে পড়ার জন্যে। সারঙ্গ আনমনে আকাশে চিল ওড়া দেখতে থাকে নীল চশমার ভেতর দিয়ে। চিলেরা অনেক উঁচুতে কেমন ভেসে থাকে ডানা না নাড়িয়ে। দাদুর কথা শুনে খুব

আনমনা সুরে "হু" দেয় সারঙ্গ। সেও শুনেছে - মা তাকে বলেছে। টিংনার তেপান্তরের মাঠ পেরিয়ে আরও দুরে তাকিয়ে থেকে বলে আমি পড়া শিখে এসে আমাদের মেঘপাহাড়িতে সবার জন্য একটা ইস্কুল করে দেব। তারপর বলে তিথি একদিন মেঘপাহাড়িতে আসবে বলেছে। এখানে বসে দাদুর বাঁশি শুনবে।বাবা বলেছে সাইকেলএ বসিয়ে একদিন নিয়ে আসবে।

কলিকাতা, ২৭শে ডিসেম্বর, ২০০২, বুধবার।

মেঘুনালার ওপর লোহার তৈরী রেলের পুল। তার একটু পরেই রেলের ইস্টিশন। নুড়ি পাথর আর লাল মোরাম ফেলা প্লাটফরম। পাকা দেওয়ালের অফিস ঘর - টিকিট বিক্রী হয়। মাথায় লাল টালির ছাদ। ঘরের ভেতর যন্ত্র পাতি। চেয়ার টেবল, আলমারি। হরেক রকম রঙের কাঁচ লাগানো লন্ঠন ঝোলে, দু-তিন রঙের কাপড়ের ঝান্ডা। ইস্টিশন মাস্টারের টেবিলে হাতে ঘোরান টেলিফোন। ইস্টিশনের নাম "মেঘ্পাহাড়ি", হলুদ রঙের কাঠের ওপর কাল রং দিয়ে লেখা। ইস্টিশনের প্লাটফর্ম এর ওপর দুটো ঝাঁকড়া গাছ, একটা গুলমোহর আর একটা তেঁতুল গাছ, দুটো গাছের তলাই গোল করে সিমেন্ট দিয়ে উঁচু করে বাঁধানো, ইস্টিশনে যারা আসে তারা বসে।আর আছে একটা মস্ত বড় শিমূল গাছ, তার তলায় একটা টিউবওয়েল। ইস্টিশনে অনেক কাঠবিড়ালি হুটপাটি করে গাছে গাছে ছুটে বেড়ায়।ইস্টিশনের প্লাটফরম এ লোহার মোটা থামে একটা ছোট লোহার রেল ঝোলান, গাড়ি আসার আগে আবার ছেড়ে যাবার আগে তাতে ঠং ঠং করে ঘন্টা বাজানো হয়। এই সব

মিলিয়ে মেঘ্‌পাহাড়ি রেল ইস্টিশন।তিথিদের রেলের কোয়াটার থেকে রেলের পোল দেখা যায়, ইস্টিশন দেখা যায়।

সেই বড় সিমুল গাছটাও দেখা যায়। মতিন দাদা তিথিকে বলেছে যে ওই গাছটায় বরমদেও বাবা থাকেন। মতিন্দ্র ফুকন রেলের ইস্টিশনে কাজ করে। রাতের বেলায় সে অনেকবার বরমদেও বাবাকে দেখেছে। বরমদেও বাবার ফর্সা টকটকে গায়ের রং, গলায় লম্বা ঝোলা পৈতে, মাথা ভর্তি ঝকঝকে টাক, হাতে হুঁকো, পরনে সাদা ধুতি খাট করে পরা। সেই বরমদেও বাবা ইস্টিশনে আছেন বলেই এখানে কারও কোনো ক্ষতি হয় না। রেল লাইন আর রেল গাড়ির যাতে কোনো ক্ষতি না হয় তা বরমদেও বাবা দেখেন। তিথি মায়ের কাছে জেনে নিয়েছে বরমদেও বাবা হলেন ব্রহ্ম দৈত্য। তিনি কাউকে কিছু বলেন না। কিন্তু রাগলে পরে রক্ষা নেই। তিথি বাবাকে জিগেস করেছে বরমদেও বাবাকে কেমন দেখতে, বাবা বলেন দূর সব বাজে কথা। গাছে পাখি থাকে, কাঠবিড়ালি থাকে, সাপ ওঠে পাখির ডিম খাবার জন্য, বরমদেও বাবা বলে কিছু নেই। তিথির বাবা সব জানেন, কিন্তু তিথির কখন মনে হয়, এমনও তো হতে পারে হয়ত তার বাবা এই ব্যাপারটা জানেন না কিম্বা জানলেও হয়ত বলতে চান না! প্লাটফর্ম এর ওপর বড় গাছটা আর অফিস বাড়ির দিকে চেয়ে ছিল তিথি।সে সময় হাপুস-হুপুস করতে করতে ডাউন ট্রেনটা এসে থামল ইস্টিশনে। অতবড় গাড়িটা থেকে মাত্র চারপাঁচ জন নামল আর সেরকম কয়েকজনই উঠল। তিথি তার মায়ের কাছ থেকে গুনতে শিখেছে। দশ পর্যন্ত গুনতে পারে। সহজপাঠের প্রথম কয়েক পাতা পড়তে পারে। এবারের সরস্বতী পুজোর দিন তার হাতেখড়ি হয়ে হয়েছে।সবাই খুব

অবাক হয়ে তিথির বাবাকে বলেছিল, ও জগন্নাথ ! মেয়ের বয়স যে এখন মোটে তিন বছর, এখন ই হাতেখড়ি দিয়ে দিলে যে, ওর কি এখন পড়া লেখার বয়স হয়েছে ! তিথির বাবা কিছু বলেন না। কলকাতা থেকে তিথির জন্য কত সব সুন্দর ছবি ওলা বই আনিয়েছেন, সময় পেলেই তিথিকে নিয়ে সেই বই থেকে কত কিছু পড়ে শোনান, তিথির ও প্রশ্নের শেষ নেই, বাবা সব কিছু সুন্দর করে বুঝিয়ে দেন।

তিথি ইস্টিশনের দিকে তাকিয়ে গাড়ি থেকে লোক ওঠা নামা দেখছিলো, তিথির মনে পড়ছিল সারঙ্গ একদিন কুন্ন কাকার সাথে এই গাড়িটা চড়ে ওর মামার বাড়ি চলে গেছে। সেখানে গিয়ে অনেক লেখাপড়া শিখবে।সারঙ্গ যেদিন গেল তিথি সেদিন বায়না ধরেছিল সেও ইস্টিশনে যাবে। কিন্তু যাওয়া হয় নি। অষ্টদেব ইস্টিশনে এসেছিল। সারঙ্গর গায়ে হাত বুলিয়ে দিচ্ছিল আর বলছিল- দাদুভাই, তুমি যেমন বলেছিলে বড় হয়ে গ্রামে ইস্কুল বানিয়ে দেবে, তাই করে দিও। তখন আর কাউকে বাইরে যেতে হবে না পড়া লেখার জন্য। অষ্টদেবের চোখ খারাপ। তাই বার বার চোখ থেকে নীল চশমাটা খুলছিল আর কাপড়ের খুঁট দিয়ে চোখ মুছছিল, তার নাকি চোখ দিয়ে জল পড়ে। এসব কথা তিথি শুনেছে যখন তার বাবা বাড়িতে এসে মাকে বলছিল।

তারপর অনেকদিন পর একদিন কুন্নো কাকা বাড়িতে এসে বললো 'ও তিথি দ্যাখ তোর্ একটা চিঠি এসেছে'। তা শুনে তো বাড়ির সবাই অবাক। তিথির তো এখনো চার বছর ও বয়স হয় নি, তাকে কে আবার চিঠি দেবে ! তিথি ছুটে এসে বললো কই দেখি, দাও দাও, আমার চিঠি দাও। কুন্দন দেব তখন একটা খাম বার করে বললো, সারঙ্গ তার মাকে চিঠি

দিয়েছে, সেই খামের ভেতরে তিথির জন্য ছবি এঁকে পাঠিয়েছে। সারঙ্গ যে খুব সুন্দর ছবি আঁকে তা সবাই জানে। কুন্দন দেব ছবিটা খামের ভেতর থেকে বার করে তিথির হাতে দিল। মস্ত বড় একটা নৌকায় পাল তোলা। বাঁশের ডগায় পতাকা উড়ছে - বাঁশের মাথায় একটা বড় সোনালি চিল বসে। দরিয়াতে অনেক জল। নৌকায় মানুষ জন কিছু নেই। কুন্দন দেব বলছিল সারঙ্গর মামা বাড়ি যেতে হলে একটা মস্ত বড় নদী পার হতে হয়। নৌকা করে। তার পর বাস গাড়ি করে মামাবাড়ি শহরে পৌঁছাতে হয়। মস্ত বড় শহর বটে, তবে অনেক দুরের পথ।মা জিগেস করল সারঙ্গ কেমন আছে, বাড়ির জন্য নিশ্চয় খুব মন কেমন করে, মোটে তো ছয় বছর বয়স। এখনই তাকে অত দূর পাঠিয়ে দিলে ! কুন্নো কাকা বলে, কি আর করবো বল বৌদি-মা, এ তল্লাটে যে মোটে লেখা পড়ার পাট নেই। আদর করে শেষে ছেলেটা গরু হয়ে থাকবে। তাই ওর মায়ের কথা শুনে পাঠিয়ে দিলাম। সেখানে তার দিদিমা আছে, মামিরা আছে। তাদের কোলের মধ্যে থাকবে বেশ। বছরে দুবার করে আসবে তো, আর সারঙ্গর মা ও সুযোগ করে যাবে। লেখাপড়া না শিখলে কি হবে বলত বৌদি-মা ! মা বলেছিল তোমাদের তো এত জমি, সেসব তো দেখতে হবে, লেখাপড়া শিখে এই অজ পাড়া গাঁয়ে এসে করবে টা কি। কুন্দন তখন মাথা নাড়িয়ে বলেছিল, সে কথা বোলো না বৌদি-মা। সারঙ্গর মায়ের খুব ইচ্ছে সে লেখা পড়া শিখুক। সেটা একটা মস্ত শহর। সেখানে কত কিছু দেখবে শিখবে। মা আবার বলেছিল, আহা, বড্ড ছোটো যে। আর কিছুদিন পরে পাঠালেই হোত।

২৬শে মার্চ, ২০০২, মঙ্গলবার।

তিথির মনে পড়ল তার নিজের হাতে খড়ির দিনের কথা। এক সরস্বতী পুজোর দিন তিথির হাতে খড়ি হয়ে গেল। পুরুত ঠাকুর হাত ধরে লিখিয়ে দিল, অ , আ , ১ , ২ । সনাতন বাটি গঞ্জর ভক্ত ময়রার দোকান থেকে বাতাসা, গুঁজিয়া, কদমা, বীরখণ্ড, মুড়কি আনা হয়েছিল। সবাই কে বিলি করা হোল। মতিন দাদা বললো ও তিথিদিদি তোমার তো বিদ্যে হয়ে গেল, তুমি তো এখন বিদ্যেবতী, তা আমার বাড়িতে একটা চিঠি লিখে দাওতো। তা শুনে সবাই খুব হাসতে লাগলো । তিথি বাড়ি থেকে বেরিয়ে এলো ছুটির খোঁজে। ছুটি হলো তিথির আদরের পোষ্য কুকুর ছানা। এখন আর অবশ্য ঠিক ছানাটি নেই। একটু বড় হয়েছে। ইস্টিশনের প্লাটফর্মে জন্মেছিল। একটু বড় হতে মতিন দাদা দিয়ে গেছিল। কান দুটো লতপত করে। ল্যাজটা ঝাঁকড়া লোমে ভরা। সাদায় কালোয় ছোপ ধরা চেহারা। ভীষণ চঞ্চল, সারাক্ষণ ছুটোছুটি করে। যত রাজ্যের কাক আর শালিখকে তাড়া করা তার মজার খেলা। মায়ের পোষা মোটকা মিনি বেড়াল পুটুস মোটে ছুটির কাছে আসে না। ছুটিকে দেখলেই হয় ছুটে পালায় নয়তো তড়াক করে লাফ দিয়ে উঁচু জায়গায় উঠে বসে থাকে।

ছুটিকে খুঁজে পেয়ে তিথি তাকে নিয়ে বাড়ির পেছনের বাতাবি লেবু গাছটার তলায় চলে এল। এখানটায় তিথি প্রায়ই থাকে ঝাঁকড়া গাছটায় বড় বড় বাতাবি লেবু হয় লেবুর ভেতরটা গোলাপী রঙ। বাতাবি ফুল যখন ফোটে তখন চারিদিক আকুল করা গন্ধে আমোদিত হয়ে ওঠে। মা কখন কখন বাতাবি ছাড়িয়ে নুন আর চিনি মাখিয়ে খেতে দেয়। সেই লেবু গাছটার তলায় একটা ইঁটের ওপর তিথি বসল। তার ঠিক সামনে ছুটি খাড়া হয়ে বসল। ছুটির ইচ্ছে এবার একটু

ছুটোছুটি হোক। তিথির দিক থেকে সেরকম সাড়া না পেয়ে স্থির হয়ে বসল। তিথি এদিক সেদিক দেখে নিয়ে ছুটিকে বল্ল বল অ - আ। ছুটি মন দিয়ে বোঝার চেষ্টা করল ব্যাপারটা কি হচ্ছে ! দু-চার বার শোনার পর একটা লম্বা হাই তুলল। তার লাল টকটকে জিভ আর সুন্দর সাজানো দাঁত গুলোর দিকে তাকিয়ে তিথি বুঝলো একদিনে হবে না। মাটিতে দুটো বুলবুলি পাখি নেবেছিল, ছুটি তির বেগে তাদের ধাওয়া করল। পাখি দুটো ফরফর করে উড়ে একটা করবি গাছের ডালে বসল, তার তলায় দাঁড়িয়ে ছুটি বীরত্ব দেখাতে থাকলো, আর পাখি দুটো গাছের ডালে বসে ছুটিকে খুব বকে দিল।

এর বেশ কিছুদিন পরে এইরকম একদিন, সেদিন ও তিথি আর ছুটি বাতাবি লেবু তলায় ছিল, তিথির কিছু ভাল লাগছিল না। তিথি উঠে দাঁড়ালো, তারপর মেঘসরোবরের দিকে চলতে থাকলো। সেখানে সারঙ্গর ঠাকুরদাদা অষ্টদেব বসে মাছ ধরে। তিথি অষ্টকে বলবে বাঁশি বাজাতে। তিথি চলতে থাকে, ছুটি কখনো ছুটে আগে চলে যায়, আবার কাক-শালিককে তাড়া করে মাঠে নেমে যায়। মাঠে দু-চার চাষী কাজ করছে, তারা বলে - ও রেলবাবুর মেয়ে ! এদিকপানে কোথায় চল্লে গ ! ভর দুপুরে ওদিকপানে একা যেয়ুনি। শেয়ালে কামড়াবে কি সাপখোপের সামনে পড়বে। তিথি বলল সে অষ্টদাদুর কাছে বাঁশি শুনতে যাচ্ছে। এই শুনে খড়ের গাদার পাশ থেকে একজন বুড়োমত লোক, চোখে নীল রোদ চশমা পরা - বেরিয়ে এসে বলল, ও মা, এতো দেখি রেল বাবুর মেয়েটা ! এত দুরে একা একা চলে এলো ! বাড়ির লোক খোঁজা খুঁজি শুরু করবে এখন। তারপর মাঠে কাজ করা একজন মানুষকে ডেকে বলল, ও পরান, ওকে সাথে

করে বাড়ি দি আয় দেখি। তিথি বলল, ও দাদু, তুমি এখেনে ! তুমি আর সরোবরে মাছ ধর না ? বাঁশি বাজাও না ? তোমার বাঁশি শুনতেই তো আমি যাচ্ছিলাম । অষ্টদেব বলল শোন মেয়ের কথা ! তা একদিন তোমার বাড়ি গিয়ে আমি বাঁশি শুনিয়ে আসব। আজ তুমি বাড়ি যাও। কত বেলা হয়ে গেছে। ও পরান, যা যা ওকে পৌছে দিয়ে আয়।

০৭-১১-২০১৩, বৃহস্পতি বার, পুনে।

তিথি ধূ-ধূ মাঠের মধ্যে অযত্নে বেড়ে ওঠা শিমূল গাছটার গুঁড়িতে ঠেস দিয়ে বসেছিল। তারপাশে ছুটি গাছের ছায়ায় গা ছড়িয়ে শুয়ে ছিল। তিথির চোখ ঘুমে ঢুলে আসছিল। অষ্টদেবকে ডেকে তিথি ঘুম লাগা চোখে জিগেস করলো, ও দাদু, সারঙ্গ কবে আসবে ! সে যে আমায় বলে গেছে আমি একটু বড় হলে আমায় মেঘ মেঘ্পাহাড়ি নিয়ে যাবে। সেখানে একটা ঠান্ডা জলের দিঘি আছে, আমরা সেখানে চান করবো। বলতে বলতে তিথির গলা ঘুমে জড়িয়ে আসে, মাথার চুল রুখু বাতাসে উড়ে এসে এলোমেলো হয়ে কপালে আর মুখে ছড়িয়ে পড়ে। অষ্টা ভাবে মেয়েটা কি পাগল হোল ! এত দূর বাঁশি শুনতে চলে এল। বাড়ির লোক খুঁজে সারা হবে হবে। পরানকে তাড়া দিল, ও পরান, দেরী করিস নে বাপ্। মেয়েটা দেখ এলিয়ে পড়েছে। ওকে তুলে বাড়ি দে আয়। পরান মাঠ থেকে উঠে নালার জলে হাত পা মুখ ধুয়ে তিথির কাছে এসে দেখল, মেয়েটা ঘুমে অচেতন। অষ্টাকে ডেকে বলল, ও দাদু ও যে এক্কেবারে ঘুমিয়ে আছে যে গো ! অষ্টা বলল ওই টুকু তো মেয়ে, ওর আর কি ভার আছে, কাঁধে ফেলে নিয়ে যা। অষ্টা সবার দাদু ! সারঙ্গর ও দাদু আবার সারঙ্গর বাপের বয়সি লোকেদেরও দাদু। পরান তিথিকে কাঁধে তুলে নিল। বলল, ও

দাদু ! মেয়েটার খুব জ্বর যে গ ! গা পুড়ে যাচ্ছে একেবারে। অষ্টা বলল একেবারে মায়ের কোলে দিয়ে আসবি। পরান তিথিকে নিয়ে চলতে লাগলো। পেছনে ছুটি পায়ে পায়ে চলল। সে মোটে তিথিকে ছাড়া থাকে না। মাথার ওপর সূর্য্য উঠে আসছে। মেঘুনালার ওপর লোহার পোল। তার ওপর দিয়ে বেলা এগারোটার মেল গাড়ি ঝমঝম করে চলে গেলো। মেয়েটার বেশ গা গরম হয়েছে। পরান গামছা দিয়ে তিথিকে ঢাকা দিয়ে চলতে লাগলো। আকাশের মাঝে চিলেরা ডানা না নাড়িয়ে ভেসে বেড়াচ্ছে। অল্প স্বল্প রুখু-সুখু হাওয়া ছড়িয়ে যাচ্ছে। তিথি একদম ঘুমিয়ে পড়েছে। ছুটি পেছনে চলেছে। ছুটির ইচ্ছা ছিল তার দিদিমিনির সাথে খোলা মাঠে বেশ খানিকটা ছুটো ছুটি করে, সামনেই একটা ছাতারে পাখির দল দেখে তাদের দিকেই ছুটে গেল।

৬ই অগাস্ট, ২০১৪, কলকাতা।

পরানের কাঁধে শুয়ে জ্বরের মধ্যে ঘুমের ঘোরে তিথি চোখ খুলে চাইল, সে দেখল, একটা বন বালক মাথায় লতা পাতা জড়িয়ে খালি গায়ে বাঁশি বাজাতে বাজাতে সামনে সামনে চলছে, তিথি খুব জোরে ডাকার চেষ্টা করলো .... সারঙ্গ দাদা .... তার গলা দিয়ে আওয়াজ বেরোলা না। গলা শুকিয়ে কাঠ। ...... আবার চোখ ঢুলে এলো।

পরান কাঁধে তিথিকে গামছা জড়িয়ে রেলবাবুর বাড়ি এসে বৌদি মাকে ডেকে তিথিকে তার মায়ের কোলে তুলে দিল। এখানে সবাই রেলবাবুর বউকে বৌদি মা বলে ডাকে। তিথিকে তার মা ঘরে তুলে নিয়ে গিয়ে তক্তাপোশের ওপর বিছানায় শুইয়ে দিলেন। মেয়ের বেশ জ্বর। মেয়েটা ঘুমে

অচেতন। একটু আগে আপের গাড়ি চলে গ্যাছে। ডাউনের গাড়ি পার করিয়ে তিথির বাবার বাড়ি আসার সময় হয়ে এল, বাবার সাথে তিথি রোজ খেতে বসে , মেয়েটা আজ একেবারে নেতিয়ে আছে, ধুম জ্বর, আজ আর ওকে খাওয়ানো যাবে বলে মনে হয় না।

একটা দিন পুরো গেল, মেয়ের জ্বর নামলো না মোটে। জ্বরের মধ্যে মাঝে মধ্যে কি যে সব বলছে বলছে ভাল করে বোঝাও যাচ্ছে না। সনাতন বাটি গঞ্জ পেরিয়ে একটা বড় ইস্টিশন আছে, সেখানে একজন বড় ডাক্তার বাবু আছেন, তিথির বাবা আপের রেল গাড়ি ধরে সেই ডাক্তার বাবুর কাছে গেল, তাঁকে নিয়ে আসার জন্য। ছুটি মায়ের চোখের আড়ালে দু একবার লাফিয়ে বিছানায় উঠেছে , তার খুব ইচ্ছে বাতাবি লেবু গাছ তলায় দুজনে যায়, সেখানে কাল থেকে কয়েকটা সবুজ রঙা পাখি এসেছে , তাদের ল্যাজটা বেশ বড় আর লাল রঙের ঠোঁট। সেটা সে তিথিকে বলেছে বটে, কিন্তু তার দিদিমনি মোটে চোখ খুলছেই না। ছুটি যা বলে তা তিথি সব বুঝতে পারে। অন্যেরা তার দিদিমনির মত ছুটির সব কথা বুঝতে পারে না। কেন রে বাপু, ছুটি তো তোমাদের সব কথা বুঝতে পারে তবে তোমরা কেন........... .ছুটি দু এক বার বিছানায় উঠে তার দিদিমনির পায়ের তলা চেটে দিয়েছে। মা দেখতে পেয়ে মৃদু বকা দিয়েছে। ছুটি মন খারাপ করে তক্তপোশের তলায় গিয়ে চুপটি করে শুয়ে পড়েছে। সে ভাবে, এই তো তার ও তো সেদিন শরীর কেমন খারাপ ছিল, খেতে ইচ্ছে করছিল না , ছুটোছুটি করতে মন চাইছিল না, সে গিয়ে বাগানের কয়েকটা ঘাস পাতা চিবিয়ে দিব্বি ভাল হয়ে গেল। ছুটি উঠে বাগানে গেল, খুঁজে খুঁজে চিনে চিনে বেশ

কিছু ঘাস পাতা ছিঁড়ে মুখে করে ঘরে এল। সে জানে দিদিমনি এগুলো চিবোলে একদম ভাল হয়ে যাবে। তিথির মা দেখলেন ছুটি মুখে করে বাগান থেকে ঘাস পাতা নিয়ে ঘরে ঢুকলো। মা ঘরে এসে মাটিতে বসে ছুটি কে গায়ে মাথায় হাত বুলিয়ে দিয়ে একটুও না বকে আস্তে আস্তে বল লেন, জানিরে তোর খুব কষ্ট হচ্ছে, কিন্তু এসবে তোর দিদিমনির অসুখ সারবে না। বড় শহর থেকে বড় ডাক্তার আসছে। ছুটির আনা ঘাস পাতা হাতে করে তুলে নিয়ে একবার একটু গন্ধ শুঁকে বাইরে ফেলে দিলেন, ছুটি তক্তপোশের তলায় হাত পা ছড়িয়ে শুযে পড়ল, তার একটুও ভাল লাগছে না।

বিকেলের গাড়িতে বাবা ডাক্তারবাবুকে নিয়ে বাড়ি এলেন। বাবা আগে ঢুকলেন , বাবার হাতে ডাক্তার বাবুর পেট মোটা চামড়ার ব্যাগ। বাবা, মা, ডাক্তারবাবু তিথির ঘরে ঢুকলেন, পেছনে ছুটি। ডাক্তারবাবু ভুরু কুঁচকে বললেন, একি - রুগীর ঘরে কুকুর কেন ? মা ছুটির দিকে তাকালেন, ছুটি সব বোঝে, মুখ নিচু করে ঘরের বাইরে চলে গেল। ডাক্তার বাবু অনেক্ষন তিথি কে দেখলেন। বুকে নল লাগালেন, চোখের পাতা টেনে , কপালে হাত দিয়ে, গলার কাছে গালের তলায় হাত দিয়ে, উপুড় করে শুইয়ে পিঠে নল দিয়ে, আওয়াজ শুনলেন, হাত পা টিপে টিপে কি যেন বোঝার চেষ্টা করলেন। থার্মোমিটার দিয়ে জ্বর দেখলেন। তারপর ব্যাগ থেকে অনেক রকম ওষুধ বার করে একটা সাদা পাতায় অনেক কিছু লিখে মাকে বললেন, বৌমা, এই ওষুধ গুলো বুঝে নাও কখন কি ভাবে দিতে হবে। আর জ্বর খুব বেড়ে আছে, কপালে জল পটি দিতে হবে, এই থার্মোমিটারটাও রেখে দাও, চার ঘন্টা বাদে বাদে জ্বর মাপতে হবে। বাবাকে

বললেন , জনার্দন , কাল সকালের গাড়িতে আমার কাছে এসে বলে যেও মেয়ের অবস্থা কেমন, কলকাতায় নিয়ে যেতে পারলে ভাল হত। তারপর মাকে বললেন, বৌমা, একটু কিছু দুধ সাবু কি বার্লি খাওয়াবার চেষ্টা করো, খাবে না হয়তো, তবু চেষ্টা করো। ডাক্তারবাবুর মুখ থমথমে, কপালে চিন্তার রেখা। ডাক্তারি ব্যাগটা গুছিয়ে নিয়ে তিথির গায়ের ঢাকাটা ভালো করে টেনে দিয়ে উঠে পড়লেন। বাবা ব্যাগটা তুলে নিয়ে ডাক্তারবাবুর পেছন পেছন বেরিয়ে এলেন। জনার্দন ডাক্তারবাবুর সাথে রেল ইস্টিশন পর্যন্ত চললেন ওনাকে রেলগাড়িতে তুলে দিতে।

তিথির অসুখ কমা তো দূরের কথা খুব খারাপ হতে লাগলো। ডাক্তার দাদুও আর কলকাতায় নিয়ে যাবার কথা ভাবতে পারছেন না। অতটা পথ ছোট্ট মেয়েটা সহ্য করতে পারবে না মোটে। মেঘপাহাড়িতে কারোর মন ভালো নেই, সবাই জানে রেলবাবুর সুন্দর ছোট্ট মেয়েটার শরীর ভালো নেই, একদম ভালো নেই। সবাই আসে। মতিন দাদা একদিন সেই শিমুল গাছটার কাছে গিয়ে হাঁটু গেড়ে বসে বরমদেওবাবাকে কাকুতি মিনতি করে কাঁদাকাটা করে বলেছে তিথিকে সারিয়ে দিতে। মতিন দাদা প্রতি রবিবারে বড় শহরের গির্জায় যায় , বৌকে নিয়ে, বুড়ো বাবাকে নিয়ে, সেখানে তাদের পুজো হয়। গির্জায় গিয়ে মোম বাতি জ্বালে, ঘন্টা বজায়। তিথিকে মতিনদাদা বলেছে সে যখন আর একটু বড় হবে তখন তাকে একদিন গির্জায় বেড়াতে নিয়ে যাবে। এই আসছে রবিবারে গিয়ে সে নিশ্চই তাদের ঠাকুর কে খুব করে বলবে তিথিদিদিকে সরিয়ে দিতেই হবে। মতিনদাদা ঠিক

করে রেখেছে সে আর গির্জা থেকে বাড়ি ফিরবে না যতদিন না তিথিদিদি ভালো হয়ে উঠছে।

পরান সেই যে কোলে করে অচেতন মেয়েটাকে রেখে গেল, তার পর থেকে মেয়েটা আর উঠলোই না মোটে। মাঠে যাওয়া আসার সময় রেলবাবুর কোয়াটারের সামনে একটু দাঁড়ায়। বাড়িতে যেন পুঞ্জ পুঞ্জ অন্ধকার, তিথির ছুটি মাটিতে মুখ রেখে চুপ করে শুয়ে থাকে। অত চঞ্চল কুকুর ছানাটা এক ভাবে পড়ে থাকে। সে ও খাওয়া ছেড়ে দিয়েছে। কার সাধ্যি তাকে কিছু খাওয়াতে পারে। মায়ের হাত থেকে পর্যন্ত সে কিছু খাচ্ছে না। সেদিনই কুন্দনকাকা সনাতন বাটি গঞ্জে চিঠি বিলি করে ফেরার পথে শেয়ালমারির প্রান্তর পেরিয়ে সাইকেল চালিয়ে আসছিল, সেখানে বাঁশঝাড়ে ওমা সত্যি দুটো নীলকণ্ঠ পাখি একেবারে কুন্দনের সাইকেল এর সামনে। কুন্দনের মনে পড়ে গেল তিথি তাকে বলেছিল নীলকণ্ঠ পাখিদের বলে দিতে হবে তারা যেন তিথির কাছে গিয়ে দেখা করে। কুন্দন চুপ করে দাঁড়িয়ে রইল। পাখি দুটো কিছু করছিলো না, একটা হেলে পড়া বাঁশ গাছে চুপ করে বসে ছিল। কি হতে চলেছে কুন্দন যেন সব বুঝতে পারল। কুন্দন বাড়ি ফিরে সাইকেল রেখে দাওয়াতে তার বাবা অষ্টাদেবের পশে গিয়ে বসল। তখন বিকেল প্রায়। অষ্টা দাওয়াতে খুঁটির গায়ে হেলান দিয়ে বসে ছিল। ছেলে এসে তার পশে এসে বসতে অস্টার মনটা কু ডাক দিল। কুন্দন বাবাকে সব বলল। অস্টার চোখের অসুখ, তার চোখ দিয়ে জল পড়ে। গামছায় চোখের জল পুঁছে ঘরে গিয়ে তার বাঁশি টা নিয়ে, গায়ে চাদর জড়িয়ে বেরিয়ে এল।

রেলবাবুর কোয়াটারে এসে জুতো বাইরে রেখে ঢুকলো। আজ থিতির বড্ড অসুখ। বাবা আজ অপিসে যায় নি। মা সন্ধ্যের বাতি রাখছে তুলসী তলায়। অষ্টকে দেখে মাথায় ঘোমটা একটু টেনে, কোন কথা না বলে অস্টকে নিয়ে ভেতরে এল। জনার্দন তিথির পাশে বসে তিথির কপালে জলপটি দিচ্ছিল। তক্তপোশের পশে রাখা একটা কাঠের চেয়ারে অস্ট বসল। তিথির দিকে অনেক্ষন তাকিয়ে থেকে চাদরের ভেতর থেকে বাঁশিটা বার করল। অস্টর চোখের অসুখ, চোখ দিয়ে জল পড়ে , জলটা চাদরের খুঁট দিয়ে পুঁছে বাঁশিটা ঠোঁটের কাছে তুলে ধরল। বাঁশিতে ধীরে ধীরে সুর উঠল। ছুটি শান্ত পায়ে অষ্টর পায়ের কাছে মাটিতে মুখ রেখে চুপ করে শুয়ে রইল।

কতক্ষন বাঁশি বেজেছিল কেউ তার খেয়াল রাখে নি, ওঠার আগে অস্টদেব তিথির কপালে আলতো করে হাত রাখলো, তিথির ক্লিষ্ট , রুগ্‌ণ , শীর্ন মুখের শুষ্ক ওষ্ঠে অতি ক্ষীণ এক চিলতে মৃদু হাসি , ঠোঁটদুটো একটু কাঁপলো , একবার চোখ দুটো সামান্য খুলেই বুজে গেল। ধীর পায়ে অস্টদেব বেরিয়ে গেল। কেউ কোন কথা বলল না , মা এসে তিথির পাশে বসে তিথির রুক্ষ একমাথা ভর্তি এলোচুলে হাত বুলিয়ে মাথাটা কোলে তুলে নিলেন।

সেদিন আর কেউ কিছু খেল না। বাবা মা কেউ কোন কথা বলছিল না। মেয়ের মুখের দিকেই সারাক্ষন তাকিয়ে। ছুটি মাটিতে চুপটি করে শুয়ে। রাত বাড়ছিল। মেঘুনালার ওপর দিয়ে রেলগাড়ি চলে যাওয়ার ঝমাঝম শব্দ। রেল ইঞ্জিন বাঁশি বাজাতে বাজাতে কোন সে সুদূরে চলে যায়।

তখন আকাশ। আকাশে তখন সন্ধ্যার অস্তরাগের সব আলো মিলিয়ে গিয়ে চারিদিকে পুঞ্জ পুঞ্জ অন্ধকার। আকাশের তখন কোন রং ছিলনা । কিছুই আর দেখা যায় না। মেঘ জমেছে নাকি ! হওয়া বইছে শন শন। চোখ মেলে ভালো করে দেখা যায় না । সব কিছুই এক রকম মনে হয়, কেউ কারো থেকে আলাদা নয়। সব কিছু মিলে জড়সড় হয়ে সবাই সবাইকে আষ্টে পৃস্টে জড়িয়ে ধরে আকাশ হয়ে আছে। এক সময় সেই আকাশে যেন একটু দোলা লাগল, খুব পাতলা সরের মত কিছু আকাশের মুখে চোখে ছোঁয়া লাগলো, চাঁদ তার সমস্ত আলো ছড়িয়ে দিল - কোথাও আর একটুও আঁধার রইল না - ভারী সুন্দর পাতলা মায়াবি আলোয় সারা আকাশ ভরে গেল। বাতাবি লেবু তলা আলোয় আলোয় ভরে গেল, সুগন্ধে ভরে উঠলো চারিদিক। সেই মায়াবী আলোয় একজোড়া নীলকণ্ঠ পাখি এসে বসলো গাছের ডালে। কোথাও আর একটুও আঁধার রইল না - কি ছিল সেই তিথি ! সেই তিথিতে প্রাণ প্রদীপ উজ্বল হিম রঙের হিমানি বিশ্ব ভূবন দুলিয়ে দিয়ে আকাশের গালে কপালে শেষ ছোঁয়াটি বুলিয়ে দিয়ে, চোখে-ঠোঁটে চুমিয়ে দিয়ে টুপ করে পড়ল খসে অসীম আকাশে। মায়ের কোলে মাথা রেখে ছোট্ট হাতটা বাবার হাতের মধ্যে ধরা, সেই তিথিতে অসীম আকাশে টুপ্ করে তিথি ভাসলো আকাশে নি:সিমে ....মা অবাক বিস্ময়ে ভাবলো এইতো ছিল মেয়ে আমার কোলে, এখন শুধু রইল পড়ে দেহ আর প্রাণটা গেল চলে !

চমকে উঠে ছুটি ছুটে বেরিয়ে এলো ঘরের বাইরে, বাতাবি লেবু গাছ তলায়। ছুটির খুশি আর আনন্দ ধরে না। সে স্পষ্ট দেখতে পেল হিম রঙের হিমানী গাছ থেকে ফুল পড়ার মত পড়ল খসে আর তুলোর মত ভাসতে ভাসতে কোন সে

সাগর, কোন সে দেশে চললো ধেয়ে। বাতাস তাকে আগলে রাখে যাতে কোথাও না যায় হারিয়ে। চাঁদের আলোয় পাখিরা সব নজর রাখে যাতে কোথাও না যায় হারিয়ে।মেঘেরা সব সাজিয়ে থেকে ঘিরে থাকে সূর্য্য যেন কিরণ ছড়ায় দেরিতে - হিমানী যাতে না যায় গলে , না যায় হারিয়ে। ওই তো আমার দিদি, আমার দিদিমনি, তিথি ! ছুটলো ছুটি সেই পালক ভাসা হিমানিটার পিছে। অন্যদিনে ছুটির দিদি পারে না ছুটির আগে ছুটতে। ছুটি ই রোজ হারিয়ে দেয় দিদিকে। আজ ছুটি পারে না দিদিকে হারাতে, ছুটছে তার পিছে। বাগান থেকে বেরিয়ে তারা চলল যেন ভেসে। রেল লাইনেই উঠলো শেষে।

মতিন দাদা লাইন পাশে দাঁড়িয়ে দেখলো দুটিকে, এক যেন কোন হিমানী তুলোর মত চলছে ভেসে, আর তার পিছে তিথির ছুটি চলছে ছুটে। মেঘু নালা পেরিয়ে আসছে তারা দুটিতে লাইন ধরে। অনেক দূরে রাতের মেল্ গাড়ি আসছে ছুটে প্রবল গতিতে, থামবে না এই মেঘপাহাড়িতে। ইঞ্জিনের সামনের সার্চ লাইট দূর থেকে এগিয়ে আসতে থাকে, হচ্ছে বড় একটু একটু করে। হিমানী আর ছুটি তারাও ছুটে এগিয়ে চলে রেল গাড়িটার দিকে। মতিন ফুকন ডাকতে থাকে ছুটি, , , ছু...., , , , টি...........ই .... মত্ত গাড়ি চলল তাদের ওপর দিয়ে। ফুকন দাদা.... মতিন দাদা..... শিমুল গাছের কাছে গিয়ে বসল হাঁটু গেড়ে। ....হাত দুটি তার উর্ধে তুলে শরীরটাকে সোজা রেখে আকাশ পানে চেয়ে......

মহান প্রভুর জয়। .....তুমি পবিত্র মুক্তি দাতা, , , , , , , মহান প্রভুর জয়। .....করুণা বৃষ্টি, , , , , , , হে মহান প্রভু পড়ুক ঝরে তোমার আশীর্বাদ।....নিবেদিত প্রাণ করে তোমারই স্মরণ। ......জুড়াও এ দগ্ধ্ প্রাণ।........কৃপা করো প্রভু কৃপা করো। .... তোমারই চরণে হোক স্থান।........

LIFE TIME EXPERIENCE

(একটি Leopard এর সাথে কল্পিত সাক্ষাৎকার)

সেদিন সন্ধ্যায় সবে সিমলার apartment এর পেছনের করিডোর এ স্কচ আর সাদা টুকরো বরফ নিয়ে বসেছি, সামনে লম্বা করিডর আর পেছনে একেবারে আমার করিডর থেকে ওঠা পাহাড় টা। সেটায় বেশ কয়েক টা পাইন আর জুনিপার গাছ আছে। তখন সন্ধ্যা পেরিয়ে গ্যাছে, ভাবছি আমি কি ওই পেট মোটা whisky র glass টায় একটাও চুমুক দিয়েছি না কি দিই নি !!!! একটু নিজে নিজেই লজ্জা পাচ্ছি, আজকাল এমন বেভভুল হয়ে গেছি। এবার গেলাস টা তুলে ঠোঁটে ললিত লবঙ্গ লতিকা র লয় তুলে ঠেকাতে যাব..... এমন সময়..... ঠিক সেই মুহূর্তে... একটা ফ্যাস ফেঁসে কিন্তু গাম্ভীর্য পূর্ন গলায় একজন বলে উঠল .... এটা কি ঠিক হচ্ছে Banerjee বাবু!!!! আমি চমকে টমকে উঠে ধড়ফড় করে পাহাড়ের দিকে ফিরে দেখলাম, চোখে মোটা পুরু ঘন কালো সানগ্লাস পরা সারা গায়ে কালো কালো বুটি অলা স্কার্ফ জড়ান..... আমায় বলল , (sorry sorry, সন্মান দিয়ে বলছি, - না, না, বললেন), এটা ঠিক নয়। রোজ সন্ধ্যায় সবাই কে লুকিয়ে একা একা..... সামান্য এটিকেট টাও জানেন না আবার ইংরেজ দের করা শহরে আবার ফরেস্ট area র মধ্যে এসে বসেছেন। ছিঃ ।

আমি একেবারেই ক্যাবলা হয়ে থতমত হয়ে বললাম , কি যে বলেন Sir .... আপনার যে এসব চলে ইয়ে, সে টা তো আমি ..... তা এখন কি একটু হবে না কি !!!! আমার নিজের গলা টা

আমার নিজের কানে ঠিক বিশ্বাসযোগ্য শোনাচ্ছিল না। যা হোক আমার টেবিল এর ওপর রাখা আর একটা খালি whisky র glass এ হড়বড় করে ঢালতে যাচ্ছিলুম ..... আবার সেই ফ্যাস ফেঁসে কিন্তু গম্ভীর গলায় কঠিন শাসন .... আয়ঃ ..... একেবারেই অনপড দেখি। কা কে কিভাবে দিয়ে হয় তা ও জানে না ..... এই বলে বেজায় বিরক্ত হয়ে আর অনুকম্পা করে বলে দিল, মানে দিলেন, ওই ওতে আমার কি করে চলবে ? আমার হাত দুটো কে আমি এঁটো করি না। হাত দিয়ে আমি কিছু খাই না। আমি ছোট করে ব্যাপার টা বুঝে নিয়ে বড় একটা প্লেট এ ঢক ঢক করে ঢেলে দিয়ে জলের পাত্র থেকে জল ঢালতে যেই তুলেছি সাথে সাথে একটা হাত তুলে আমার সেই অনাহুত অতিথি গাম্ভীর্য পূর্ন গলায় বলল, মানে বললেন, থাক থাক , ওসবের দরকার নেই। আমি ভদ্রতার আতিশয্যে বোতলের সবটাই এক বারে ঢেলে দিয়েছিলাম। পানীয় স্পর্শ করার আগে একটা বড় প্লেট এ রাখা ত্রিশূল এর চিকেন প্যাটিস এর গোটা চারেক একসাথে মুখে পুরে তার পর প্লেট এ ঢাকা তরল পানীয় সেটা নিঃশেষে চকিত চমকে চক চক করে চেটে পুটে শেষ করে বলল, মানে বললেন, Do you have fags !!!! আমি আপ্লুত হয়ে তাড়াতাড়ি একটা হাভানা এগিয়ে ধরলুম। কঠিন এবং বিদ্রুপ পূর্ন দৃষ্টিতে আমার দিকে অবহেলায় তিনি তাকালেন। তাড়াতাড়ি আমার মনে পড়ে গেল উনি আবার হাত এঁটো করেন না। তাই ধড়পড় করে অবার ঠোঁটে আলতো করে ধরিয়ে আর ওনার বিরাট গোঁফ গুলো বাঁচিয়ে দেশলাই কাঠি জ্বালিয়ে ধরলাম। তাচ্ছিল্য ভরে দু এক টান দিয়ে উঠে দাঁড়ালেন তিনি, কৃপা পূর্ন দৃষ্টিতে তাকিয়ে বললেন, Thanks ! মাঝে মাঝে তা হলে আবার আসব। এই বলে অবলীলায় করিডোরের রেলিং টপকে

পাহাড়ের গা বেয়ে ওপরে উঠে গাছের আড়ালে মিলিয়ে গেলেন। (আর কি বলব, এতক্ষন যে একটা বিশ্রী বোঁটকা গন্ধ পাচ্ছিলাম সেটাই মিলিয়ে গেল।)

আমি হাঁ ই মা ই করে চেয়ার টেবিল উল্টে লাফ মেরে ঘরে ঢুকে দরজা য় ছিটকিনি তুলে ঝাঁপিয়ে পড়লাম বিছানায় একেবারে লেপের তলায় মুন্ডু শুধু।

বলব কি !! ভাবলে এখনো গায়ে কাঁটা দেয়।

4th November, 2021, কালি পুজো।।

****

NONSENSE

5th July, 2020

মুখবন্ধ।

সেটা 1980 সাল, মার্চ মাস। আমার সরকারি কর্মসূত্রে চেন্নাই হয়ে ভাইজাগ এ পোস্টিং হল। এপ্রিল মাস টা কাটিয়ে মে মাসের মাঝামাঝি কলকাতায় ফিরে এলাম দু মাসের ছুটি নিয়ে। ছয়ই জুন অতি প্রভাতে আমার স্ত্রী শিখা আমাকে ভোর চারটে পনের মিনিট নাগাদ ঘুম থেকে তুলে বললেন, ওঠো , শরীর খারাপ লাগছে, হাসপাতাল যেতে হবে। আমি বিছানা ছেড়ে উঠে মা কে জানলাম শিখার কথা। আমরা তিন জন তাড়াতাড়ি তৈরি হয়ে রামকৃষ্ণ সারদা মিশন মাতৃভবন হাসপাতালে চললাম। সকাল সাতটায় শিখাকে ভর্তি করে ন'টা নাগাদ ফিরে এলাম বাড়ি, হাসপাতাল থেকে বলে দিল আমি যেন ঘন্টা তিনেক বাদে ফিরে আসি। আসার সময় হাসপাতালের উঠোনে দাঁড়িয়ে ওপরে মুখ তুলে দেখি শিখা দোতলার বারান্দার গ্রিল ধরে দাঁড়িয়ে আমরা চলে যাচ্ছি দেখছে। হাসপাতালের মহিলা কর্মচারী তাড়া লাগল, দাঁড়াবেন না ওখানে। চলে যান। হাত নেড়ে চলে এলাম। ঘন্টা তিনেক পর সময় করে দু একটা সংসারের টুকি টাকি কাজ সেরে, electric bill জমা করে, আমি হাসপাতাল পৌঁছলাম অবার। হাসপাতাল যাবার পথে দেখি এক বিশাল ষাঁড় রাস্তা জুড়ে দাঁড়িয়ে। মনে মনে ভাবলাম তবে ছেলেই হবে নিশ্চয়। সে দিন ছিল শুক্রবার। কৃষ্ণপক্ষের অষ্টমী তিথিতে, শতভিশা

নক্ষত্র পার করে পূর্বভাদপদ নক্ষত্র শুরু হবে। বাড়িতে শঙ্খ বেজে উঠল, প্রদীপ জ্বেলে দেওয়া হলো।

হাসপাতাল পৌঁছবার মুখে দেখা হল এক সৌম্য দর্শন ভদ্রলোকের, জানলাম তিনি Dr. Ghosh, তাঁর কাছেই ভর্তি হয়েছে শিখা। তিনি বেরিয়ে যাচ্ছিলেন, আমি তাঁর কাছে গিয়ে আমার স্ত্রীর নাম জানলাম। তিনি স্মিত মুখে জানালেন শিখা একটি পুত্র সন্তান প্রসব করেছে, ওজন 2kg 950gm । সময় এগারটা পঁচিশ মিনিট। তিনি আরো বললেন, আপনার স্ত্রী বড্ড ভাল মেয়ে (এ কথাটা আমি কতবার যে কতজন কাছ হতে শুনেছি তা আর কি বলব) । আমি মনে মনে হিসেব করে দেখলাম, যখন আমার পুত্র ভূমিষ্ঠ হচ্ছে, আমি তখন electric bill জমা দিচ্ছি। যেমন ভাবে বলছি ঠিক তেমন ভাবেই এসব কথা আমার তখনকার দিনলিপি তে লিপিবদ্ধ করেছিলাম।

আমি ছুটি কাটিয়ে ভাইজাগ ফিরে এলাম একাই। কয়েক মাস পরে মা বউ ছেলেকে 2nd নভেম্বর ভাইজাগ নিয়ে এলাম। তারপর ছেলের মুখে ভাত হল একাশি সালের 9th জানুয়ারি, একটু একটু করে বড় হতে লাগল। তখনো হাঁটতে শেখেনি কিন্তু তুমুল গতিতে baby walker চালিয়ে হুড়োহুড়ি, লুকোচুরি। ঘুমের সময় গান চাই, আমার অবার গান আসে না। তাই নিজেই নিজের কথায় নিজের সুরে গান বেঁধে ফেললাম।

সজনে গাছে

নাজনা ডাঁটা

কেন হয়!

টিয়া পাখি ল্যাজ দুলিয়ে

কেন যে গান গায় !

এসব কেন হয়

সেই কথাটাই

তুতান সোনা

জানতে শুধু চায়।।

তুতান একটু একটু করে বড় হচ্ছে, তার জগৎ টা আর একটু ছড়াচ্ছে, একদিন একটা রেস্টুরেন্ট এ খেতে যাওয়া হল, একদিন একটা সিনেমা দেখতে যাওয়া হলো, তখন ও ভালো করে কথা ফোটে নি। সিনেমাটার নাম Snow White and the Seven Dwarfs , সিনেমা দেখে রিকশা করে বাড়ি ফেরার পথে জিগেস করলাম ভালো লেগেছে ! সে ঘাড় নেড়ে জানাল তার ভালো লেগেছে। এবার জিগেস করলাম কাকে সব থেকে ভালো লেগেছে ! জানাতে রাজি হয়েছিল না প্রথমে, শেষে চাপাচাপি করতে লজ্জা লজ্জা করে জানাল তার Snow White কেই সবচেয়ে ভাল লেগেছে। রিকশার সিট এ বসা বাবা মা তুমুল হাসিতে ফেটে পড়ল, আর সে অতি লজ্জায় মৃদু এবং স্মিত হাসি তে মুখ অন্য দিকে ঘোরাবার চেষ্টায় রত।

সে তো একা। মা আর মাম্মা ঘর সংসারের কাজে ব্যস্ত। বাবা অফিসে। সে কি করে ! তাকে একটা তিন চাকার সাইকেল কিনে দেওয়া হবে বলে ঠিক করলাম। পয়সা কোথায় ! ভাঁড় ভাঙ্গা হলো। তিনশ টাকা বেরোল। চললাম

তিন জন সাইকেল কিনতে। দোকানে আমার পছন্দ হল একটা আর সে একটা দারুন কটকটে হলদে রঙের ছোট্ট তিনচাকার সাইকেল ধরে মাটিতেই শুয়ে পড়ল। তার ওটাই চাই। তখনো কথা বলতে শেখে নি কিনা। সে তখনও এতই ছোট যে তার পা দুটো প্যাডেল পর্যন্ত পৌঁছিতেই পারত। তাই তার মা সামনে দড়ি বেঁধে টানত আর বাবা পেছন দিকে দড়ি ধরে টানত।

একবার যাওয়া হলো ভাইজাগের চিড়িয়াখানায়। সেই গল্প রোজ রাতে তাকে ঘুমের সময় বলতে হত। আমাদের জীপ গাড়ি করে যাওয়া হয়েছিল। সে গাড়ি চলত বসন্ত দাদা। তার চোখে মোটা কালো ফ্রেমের চশমা। যখন গল্পের ওই জায়গায় আসতাম যে বসন্ত দাদা গাড়ি চালাত তখনই সে তার নিজের চোখে আঙুল দিয়ে দেখিয়ে দিত বসন্ত দাদার চোখে চশমা।

এবার তার সঙ্গী করে দিলাম টিনটিন আর ক্যাপ্টেন Haddock কে। তখন ও কথা ফোটে নি। কিন্তু সে নিজেকে টিনটিনের জায়গাতেই স্হাপ করে ফেলল। আর অবাক কান্ড পড়তে না শিখেই টিনটিন সিরিজ সে মুখস বলে যেত। আর Captain Haddock এর বাছা বাছা গাল মন্দ গুলো তার কল্পিত বিপক্ষদের ওপর বর্ষণ করত।

তার সাথে প্রতিদিন রাতে শোবার সময় নিয়ম করে গল্প চাই। গল্প কোথায় পাব ! বানাতেই হলো। রহস্য রোমাঞ্চ adventure গল্প। জন্ম হল গোয়েন্দা সম্পত বাজপেয়ীর, তার সাথে বড্ড জ্ঞানী ঘুম পাড়ানি , লম্বা টেকো, বুল ডগ (পুলিশের বড় কর্তা), ভীষণ মোটা (পুলিশের ইন্সপেক্টর) ,

ইসলাম খান আর সুলতান সিং (গুন্ডা বদমায়েশ), ফটাং ফট আর চড়াস চং (সম্পতের assistant) , আর সম্পতের সাদা রঙের opel গাড়ি। সে গাড়ি একসময় আমেরিকার Disney Land ঘুরে এক জঙ্গলে গিয়ে কলকব্জা খারাপ হয়ে পথ হারায়। সম্পত্ কে গাড়িটা ওখানেই ফেলে রেখে মিস্ত্রির সন্ধানে চলে যেতে হয়। আর সেই সময় এক ভাল্লুক পরিবার , বাবা ভাল্লুক, মা ভাল্লুক আর তাদের ছোট ছেলে ভাল্লুক সেই গাড়িতে চেপে বসে। আর তারপর সে কি মজা ! রাত যত বাড়ে আমাদের বিছানায় ও তুমুল কান্ড বেঁধে যায়। কারণ গাড়িটা ছোট ছেলে ভাল্লুক টাই তো চালাচ্ছিল। আর সে তো আর কেউ নয়, অবশ্যই তুতান নিজে। আর যত রাত বাড়ে ততানের মা ও তত চেঁচায়, নিজেও ঘুমোবে না আর ছেলেটা কেও ঘুমতে দেবে না। আমি চললাম। আমি আর থাকব না। সত্যিই সে আর বেশি দিন থাকে নি। গল্প হয়ে আমাদের মাঝে আছে। এবার বড্ডজ্ঞানীঘুমপাড়ানি র গল্প শুরু হোক।

বড্ডজ্ঞানীঘুমপাড়ানি বড়ই জ্ঞানী মহা পণ্ডিত বৈজ্ঞানিক। তিনি যা বলেন অন্যরা বুঝতেই পারে না। তিনি কথা বলতে শুরু করলেই অন্য সকলের ঘুম পেয়ে যায়। কিন্তু তাঁর সঙ্গে সম্পত এর খুব দহরম মহরম । তুতান যত বড় হতে লাগল গল্পের মোড় ও তত ঘুরতে লাগল। বড্ড জ্ঞানী অমর। তাঁর জন্ম পৃথিবী র জন্মের ও আগে। সত্যি বলতে কি তিনিই এই সব গ্রহ নক্ষত্র ছায়া পথ, নেবুলা, মিল্কি ওয়ে সব কিছুর জন্ম দিয়েছেন। গল্প এগিয়েছিল দুর্বার গতিতে।

(1)

10th, August, 2020

জগৎ বিখ্যাত বৈজ্ঞানিক বড্ড জ্ঞানী ঘুম পাড়ানি অনেক খুঁজে অনেক বিবেচনা করে তবেই এইখানে তাঁর লাবরেটরিটা গড়ে তুলেছেন। এমনিতে বড্ডজ্ঞানী ঘুম পাড়ানি কলকাতাতেই থাকেন, কালিঘাটের কালিদাস পতিতুনডি লেনে। বড্ড জ্ঞানীর মোটেই পছন্দ নয় মানুষ জন সবসময় কাজের জায়গার আসেপাশে ঘুরঘুর করবে। যে জায়গাটায় বড্ড জ্ঞানীর ল্যাবরেটরি সেটা ওনার খুব পছন্দের। লোকালয় থেকে থেকে খুব যে দূরে তা ঠিক নয়, আবার মানুষ জনের ভিড় ভাড়াক্কাও নেই বললেই চলে। গঙ্গোত্রী থেকে গোমুখ যাবার পথে চিরবাসা - ভুজবাসা পেরিয়ে রাস্তা ছেড়ে বাঁ দিকে পাহাড়ের ওপর উঠে গিয়ে দারুন দুর্গম একটা জায়গায় একটা পাহাড়ি ঝর্ণার পাশে বড্ড জ্ঞানী ঘুম পাড়ানির বৈজ্ঞানিক কাণ্ডকারখানার আস্তানা। গঙ্গোত্রী থেকে গোমুখ যাবার পথে গঙ্গা নদী বরাবর ডান দিক ধরে প্রবল গতিতে নিচের দিকে নেবে গেছে গঙ্গোত্রীর দিকে। আর বাঁ দিকে পাহাড় আর মোরাইনস(Moraines) এর ঢল। সেই মোরেইন্স এর ভেতর হিমালয়ের একটা সুবিশাল প্রাচীন গুহার অভ্যন্তরে বড্ড জ্ঞানীর ল্যাবরেটরি কাম আস্তানা।

বড্ড জ্ঞানী যে ঠিক একা তা নয়, প্রত্যুৎপন্নমতিত্ব তো আছেই, আরেকজন হল দার্শনিক, দার্শনিক ও আছে, অবশ্য দার্শনিক ঠিক বড্ড জ্ঞানীর ল্যাবরেটরি কাম বাড়ির ভেতরে থাকে না , ওই আসেপাশেই ঘোরাঘুরি ঘুরঘুর করে। অতি

উচ্চবংশ জাত, সম্ভ্রান্ত কুলের সন্তান। বংশপরিচয় বলতে হলে প্রথমেই জানাতে হয় এদের মানুষ পার্বত্য বন্য নীল অজ বলেই ডাকে, সমীহ করে ভারাল ও বলে। এদের পূর্ন বয়স্কদের দাড়ি প্রায় দু ইঞ্চি পরিমান থুতনি হতে ঝোলে। এদের বংশে কেউ কখন দাড়ি কমায় না। দার্শনিক এখন আপাততঃ বেশ ভালোই আছে বলতে হবে, কিছুদিন যাবৎ বড্ড জ্ঞানীর চোখে পড়ছিল দার্শনিক যেন ঠিক মত চলাফেরা করছিল না। কখনও বা বোল্ডার এ ধাক্কা খাচ্ছে, কখন বা ঠিক ঠিক মত পথ চিনে চলতে পারছে না, একবার তো পাহাড়ের ঢালে গিয়ে এমনই হড়কে গিয়েছিল যে সেদিনই আর একটু হলেই পঞ্চত্ব প্রাপ্ত হতে চলেছিল আর কি। কোন রকমে চার পায়ে হাঁচোড় পাঁচোড় করে উঠে এসেছিল। সেদিনই বড্ড জ্ঞানী ওকে বসিয়ে ভাল করে পরীক্ষা করতেই বোঝা গেছিল দার্শনিকের দু চোখে মোটা ছানি পড়েছে, আর সেই সাথে জন্মগত চোখের লেন্স-এ প্রচুর ফাংগাস পড়ে আর ইনফেকশন হয়ে বলতে গেলে আর বিশেষ কিছুই দেখতে পাচ্ছে না। তখনই দার্শনিককে একটা ডিংকাচিকা বড়ি খাইয়ে জড়বৎ প্রস্তরিবৎ করে বেদনার জ্ঞান লুপ্ত করে চোখে সম্মোহিনি ছুরি চালিয়ে দারুন জটিল একটা অস্ত্রপ্রচার করে জন্মগত চোখ দুটো উপড়ে ফেলে সেই জায়গায় দু চোখেই অসম্ভব শক্তিশালী দুটো ক্যামেরা ফিট করে দিয়েছিলেন। প্রথমে ভেবেছিলেন CCTV র ক্যামেরা আর লেন্স বসিয়ে ছেড়ে দিলেই হবে, পরে তা না করে ভয়ানক উন্নত ক্যামেরার লেন্স ই বসান হল, সামনে দিয়ে দেখবে আর পেছনের দিক দিয়ে প্রতুত্পন্ন মতিত্বের সাথে Link করা থাকবে।

এ ছাড়াও বড্ডজ্ঞানী ঘুম পাড়ানির কিছু বন্ধু বান্ধব ও মাঝে মধ্যে আসে, যদিও তারা সবাই বড্ড জ্ঞানীর হাঁটুর বয়সী, তবু অনেক দিনের পরিচয় তো তাই মাঝে মধ্যে তাদের সাথে বসতে হয়, অবশ্য বেশির ভাগটাই ওই সপ্তর্ষি মন্ডলে গিয়েই বসা হয়। তবু তারা মাঝে মধ্যে বড্ড জ্ঞানীর আস্তানায় আসে। এই তো সেদিন মিত্রাব, মিত্রস্ববি আর শিষ্ট্র বায়না ধরল সোমরস গিলে গিলে অরুচি ধরে গেল, তাদের একদিন কোনিয়াক আর গ্লেনফিডিচ খাওয়াতে হবে। তা ছেলে ছোকরারা আবদার করেছিল বড্ড জ্ঞানীও ব্যবস্থা করেছিলেন। অসুবিধে তো কিছু নেই, ZONAMA কোম্পানিকে রেডিও মেসেজ পাঠিয়ে দিয়ে বলে দিলেন ডেলিভারিটা করে দিতে, পাঁচ ব্যারেল কোনিয়াক আর পাঁচ ব্যারেল গ্লেনফিডিচ। এটাই সুবিধে, এ না হলেই কোম্পানি গুলো ঠিকানার PIN জানতে চায়। সেটা বড্ড জ্ঞানীর ভাল লাগে না মোটে। আর তাঁর নিজের তৈরী ওই unique saucer DRONE "খেচর" টা তো বসেই থাকে। সে গিয়ে ডেলিভারিটা নিয়ে নেবে। শুধু Astronomical Celestial objects and their position এর ওপর কিছু অংক কষে জেনে নিতে হয় একদম ঘন অন্ধকার ঠিক কোনখানটায় হবে, নয়ত এই কয়েকটা খুচরো শক্তিশালী দেশ খুব পেছনে লেগে আছে, বড্ড জ্ঞানীর কান্ড কারখানা জানার জন্য, তারা মোটামুটি বুঝে গ্যাছে বড্ডজ্ঞানী ঘুম পাড়ানি বিরাট কিছু একটা করে চলেছেন, সেটা তাদের জানতেই হবে, আর এই রহস্য উদ্ধারের জন্য তারা গোয়েন্দা সম্পত বাজপেয়ীকে লাগিয়েছে। এই রকমই একটা ডেলিভারি নিতে গিয়ে "খেচর" এর LED display indicator lamp দেখে সম্পত বাজপেয়ী খুব জোর উঠে পড়ে ধরে ফেলেছিল আর কি, সেবার swerving and maneuvering process apply করে ওই দেশ গুলোর searching space crafts গুলোর মধ্যে দারুন collision ঘটিয়ে সেগুলোকে ধ্বংস করে সম্পত বাজপেয়ীকে ধোঁকা দিয়ে "খেচর" ফিরে এসেছিল। তারপর থেকে বড্ড জ্ঞানী খেচরের LED আলো খুলে দিয়েছেন।

বড্ড জ্ঞানী এখন কিছুদিন যাবৎ Atomic explotion এর জন্য মিনিযেচার মডেল নিয়ে চিন্তা ভাবনা করছেন। ওই Neuclear Reactor একদম ছোট করে ফেলার চেষ্টায় আছেন। তিনি অনেক ভেবে দেখেছেন এই যে মহাবিশ্ব জুড়ে যে বিশাল ফ্রি এনার্জি চতুর্দিকে অহরহ বয়ে চলেছে, সেটাকে মোটেই কাজে লাগান হচ্ছে না। সত্যি বলতে কি একটা চালু ধারণা আছে যে হাইড্রোজেন এটম ই সবচেয়ে ছোট এটম পার্টিকল, কারণ এতে কেবল মাত্র একটাই প্রোটন আর একটাই ইলেক্ট্রন আছে। ইলেক্ট্রন গুলো প্রোটনের তুলনায় প্রায় দু হাজার গুন ছোট হয়, আর ওই নিউট্রন থেকেও তাই হয়। অবশ্য হিলিয়াম ও সব চেয়ে ছোট, মানে হিলিয়াম আর হাইড্রোজেন এর এটমদেরই সব থেকে ছোট বলা যায়। যদিও হিলিয়াম এর অ্যাটমিক রেডিয়াস হাইড্রোজেন এর অ্যাটমিক রেডিয়াস হতে অনেক ছোট হওয়ার কারণে হিলিয়ামকেই সবচেয়ে ছোট বলে ধরে নেওয়া যায়। অবশ্য, এটমকে ভাঙতে ভাঙতে কোয়ার্কস পর্যন্ত আসা যায়। তবে কিনা কোয়ার্কস এর মাপ বার করা সহজ নয়। বড্ড জ্ঞানী এখন এই কোয়ার্কসকেই ভাঙার চেষ্টায় আছেন। যাইহোক, হাইড্রোজেন এটম হল সবচেয়ে সিধা-সাদা সিম্পলেস্ট এটম। আর যেমন ফ্রানসিয়াম কে সব চেয়ে বড় এটম বলে ধরা হয়। বড্ডজ্ঞানী ইতিমধ্যেই মহাজাগতিক

এটমসফিয়ারের মধ্যে একটা নতুন গ্যাস এলিমেন্ট আবিষ্কার করে ফেলেছেন যার এটম এর সাইজ হিলিয়াম আর হাইড্রোজেন এর চেয়েও অনেক ছোট আর সেই বায়বীয় অথবা গ্যাসিয় এলিমেন্ট এর এটম ভেঙেই নতুন পবিত্র পাওয়ার বা এনার্জি তৈরির চেষ্টায় আছেন। এই নতুন গ্যাস এলিমেন্ট পাশাপাশি দুটো এলিমেন্ট হয়ে তীব্র গতিতে অতি মহা বিশ্বে দৌড়ে বেড়াচ্ছে। বড্ড জ্ঞানী এদের নাম দিয়েছেন হিসহিসানি আর ফিসফিসানি। এরা মূলত একই রকমের হলেও, চরিত্রগত সামান্য কিছু পার্থক্য আছে। সারাক্ষন পাশাপাশি বিচরণ করলেও কিছুতেই এই দুই এলিমেন্ট এর এটমরা নিজেদের মধ্যে বন্ডিং করে না। আরো বিস্ময়কর এই দুই এলিমেন্ট কখনই কারো সাথেই বন্ডিং করে না। বড্ড জ্ঞানী এসবই পরিষ্কার প্রমান করে ফেলেছেন আর সেইসব তত্বকথা তাঁর নিজের ডিংকাচিকা ডিং ডং এ লিপিবদ্ধও করে রেখেছেন। । এ সব কিছুই প্রত্যুৎপন্নমতিত্ব কে পাখিপড়া করে বুঝিয়ে দিয়েছেন বড্ডজ্ঞানী। এসব প্রত্‌তুত্‌পন্নমতিত্বর কাছে জলভাত। কিন্তু বড্ডজ্ঞানী চেষ্টা চালিয়ে যাচ্ছেন সবচেয়ে ছোট পার্টিকলকে ভেঙে তার থেকে যে এনার্জি আর পাওয়ার তৈরী হবে তা কাজে লাগিয়ে পৃথিবীর ফসিল ফুয়েল পুড়িয়ে পাওয়ার তৈরী করা একদম বন্ধ করে দিতে হবে। এর প্রাথমিক প্রয়োগ তিনি তাঁর নিজের তৈরী খেচর এ প্রয়োগ করে সম্পূর্ণ সফল হয়েছেন। পৃথিবীতে এই কাজের প্রথম প্রয়োগ তিনি করতে চান রেল ইঞ্জিনের ওপর। সেই নিয়ে অনেকদূর পর্যন্ত এগিয়েছেন।

এখন এই যে মিত্রব, মিত্রস্ববি, শিষ্ট্র এই সব ওরা যে বায়না ধরেছে ওদের একদিন মাল খাওয়াতে হবে, তা এবার

বড্ড জ্ঞানী ঘুম পাড়ানি ঠিক করেছেন সপ্তর্ষি মন্ডলের (Big Dipper Constellation) কোন এক তারায় করবেন। সেটা এমন কিছু বড় ব্যাপার নয়, বড্ডজ্ঞানীর নিজের তৈরী খেচর ইচ্ছেমত ছোট বড় করে নেওয়া যায়। সব কিছুই তাতে ফোল্ডিং করে রাখা আছে। অনায়াসে কুড়ি বাইশ জনকে নিয়ে খেচর উল্কার গতিতে চলাফেরা করতে পারে। আর মালের সাথে মুখরোচক হিসেবে কিছু খাদ্য, যেমন, কফসি থেকে চিকেন ভাজাভুজি আর রাওয়ালপিন্ডি থেকে বিরিয়ানি, লখনৌ থেকে গিলহোটি কাবাব, লাহোর থেকে রুমালি রুটি, লেবানন থেকে স্বরমা চিকেন, নকুড় এর সন্দেশ, বাঞ্ছারামের নরমপাকের তাজা সন্দেশ আর সাথে কিছু আখরোট, কাজু, কিসমিস নিয়ে নেবেন। এসব ওই ZONAMA কে অর্ডার দিলেই হয়ে যাবে, যাওয়ার পথে রাস্তায় GALAXY র তিন নম্বর ছায়াপথের Tucana Constellation এ ডেলিভারি নিয়ে নেবেন।

সত্যি বলতে কি বড্ড জ্ঞানীকে প্রায়ই উত্তর আকাশের সপ্তর্ষিমন্ডলের (Ursha Major Constellation) কোন এক তারায় আসতেই হয়, অথবা কোনবার হয়ত "কালপুরুষে (Orion) গেলেন, যাইহোক সে এক এক বার এক এক তারায় আসেন, আর এরা সবাই তাঁর বন্ধু স্থানীয়। ব্রহ্মার সাত ছেলের জন্য সাতটা জগৎ, তৈরী করে তাদের নামেই করে দেওয়া হয়েছিল সপ্তর্ষি মন্ডল -- ক্রতু, পুলহ , পুলস্ত, অত্রি, অঙ্গিরা, বশিষ্ট, মারিচ এই হল ব্রহ্মার সাত পুত্র, সাত জন্ই বড় বড় সব ঋষি মুনি। সবাই বড্ডজ্ঞানীর প্রাণের বন্ধু। মূর্খ মানুষেরা ভাবে এনারা সব বুঝি আর নেই, বোকা ! বোকা ! মানুষগুলো সব গর্দভ ! এনারা সবাই আছেন, দিব্বি আছেন, সুস্থ্যই

আছেন। তবে আর কারো সামনে একদম আসতে চান না। লোক চক্ষুর আড়ালেই থেকে যান। তবে কিনা বড্ডজ্ঞানীর ব্যাপারটা একেবারেই আলাদা। সেই আদি অনাদি কালে, ওই যেমন একালের এক ঋষি কবি রবীন্দ্রনাথ তাঁর আফ্রিকা কবিতায় বলেছিলেন

" উদ্ভ্রান্ত সেই আদিম যুগে স্রষ্টা যখন নিজের প্রতি অসন্তোষে নতুন সৃষ্টিকে বার বার করছিলেন বিধস্ত্ব, তার সেই অধৈর্যের ঘন ঘন মাথা নাড়ার দিনে ...."

মানে কোন কিছুই ঠিক মত স্থাপন করা যাচ্ছিল না, সেই সময় বড্ডজ্ঞানীই ওই সব তীব্র গতিতে ছুটে চলা সব গ্রহ নক্ষত্র গুলোকে আর বাকি সব ছায়াপথের হাজারো হাজারো সূর্য গুলোকে তাদের কক্ষ পথে স্থাপন করে দেওয়ার কাজটা আমি অর্থাৎ বড্ডজ্ঞানীই করে দিয়েছিলেন। সেই কাজটাই মাঝে মাঝে inspection করতে যান।

সে যে আজ কত যুগ হয়ে গেল তা এখনকার মনুষ্য নামের প্রাণীগুলো হিসেব করেই চলেছে। তাদের একটা হিসেব বলছে সাড়ে তের বিলিয়ন বছর আগে পদার্থ(Matter), শক্তি(Energy), সময়(Time) আর মহাশূন্য(Space) যখন আমি সৃষ্টি করেছিলাম তা Big Bang হতে সৃষ্টি হয়েছিল। অবশ্য Big Bang যে হল তার মানে যা থেকে Big Bang বিস্ফোরণ করালাম সে গুলোর হিসেব এখনও এই মানুষ গুলো করে উঠতে পারে নি। তবে যা যা হিসেব করতে পেরেছে তার সমস্তই Physics বা পদার্থবিদ্যা নামের বই গুলোতে মানুষরা লিখে ফেলেছে।

একটা ছোট হিসেব দিয়ে রাখা যাক।

দশ মিলিয়ন এক কোটির সমান।

আর একশ কোটিতে এক বিলিয়ন।

অর্থাৎ, এক বিলিয়ন মানে, 1000, 000, 000

তা হলে সাড়ে তের বিলিয়ন হিসেব করে ফেলতে আর কোন অসুবিধেই রইল না।

এই কান্ড ঘটাবার মোটামুটি তিন লক্ষত বছর পর সেই উত্তপ্ত গ্যাসীয় আর বায়বীয় অবস্থা যখন একটু একটু করে ঠাণ্ডা হতে লাগল তখন পদার্থসব আর শক্তিরা সব জমাট (coalesce) বাঁধা শুরু করল। অর্থাৎ তারা একে অন্যের কাছাকাছি আসতে শুরু করল। আর সেই সব পদার্থ আর শক্তি একে অন্যের সাথে জুড়ে গিয়ে জটিল সব কনা অনুকনা তৈরি করতে লাগল। তারা হল সব অনু, পরমাণু Atom molecule ! আবার atom, molecule, এদের গল্প যে বইতে মানুষরা লিখে ফেলল সেই শাস্ত্রের নাম দিল তারা রসায়ন বিদ্যা বা Chemistry .... আবার মোটামুটি চার বিলিয়ন বছরের থেকে কিছু কম সময় আগে এই সব মলিকিউল দের মধ্যে কেউ কেউ তাদের পছন্দ মত অন্য সব মলিকিউল দের সাথে ভাব করে জুড়ে যেতে লাগল। তার ফলে নতুন নতুন যৌগ কনা সৃষ্টি হতে লাগল। এই জুড়ে যাওয়া আর ভাব করে নতুন যৌগ কনা সৃষ্টিকে বলে Organism , আর এ সব পাওয়া যাবে Biology বা জীববিজ্ঞান বইতে।

কলকাতায় মাঝে মধ্যেই আমি, মানে আর কি বড্ডজ্ঞানী কে যেতে হয়, আর গেলে কালীঘাটের কালিদাস পতিতুনডি লেনেই ওঠেন। তিনি নিজে সব কিছুই করে নিতে পারেন, কারো সাহায্যের দরকার হয় না। তবু মাঝে মধ্যে বাজার দোকান করার জন্য বা টুকিটাকি কাজের জন্যে দু জন থাকে কালীঘাটের বাড়িতে, এরা একজন ফট্যাংফট আর একজন চড়াসচং। এই তো সেদিন একটা জটিল অঙ্ক করতে করতে ভুলেই গিয়েছিলেন যে অনেক রাত হয়ে গিয়েছে, তো সে সময় ওরা দুজন এসে জানাল যে ক্ষিদে পেয়ে গ্যাছে, খাবার ব্যবস্থা কি হবে ! সত্যিই রাত বারোটা বেজে গিয়েছিল, তখন রান্না শুরু করলে অনেক দেরি হয়ে যাবে, তাই তিনি ওদের কিছু হিঙ্গু দেশের চালু টাকা দিয়ে বললেন শেঠি হোটেল থেকে তড়কা ডাল আর তন্দুরি রুটি নিয়ে আসতে। তাতে ওরা অবশ্য খুশিই হয়। খাদ্যটা বেশ মুখরোচক বটে।

যখন কলকাতায় যান তখন সম্পৎ বাজপেয়ি প্রায়ই দেখা করতে আসে, তার ওই সাদা ওপেল গাড়িটা নিয়ে। এমনিতে তাঁদের দুজনের মধ্যে ভাব ভালোবাসা থাকলেও কাজের ব্যাপারে কেউ কাউকে ছেড়ে কথা বলে না। সম্পৎ বাজপেয়ি যে তাঁর পেছনে ছিনে জোঁকের মত লেগে আছে সেটা তিনি ভালোই জানেন, তবুও সম্পৎকে মোটেই গেরাজ্যির মধ্যেই আনেন না। সম্পৎ নানা রকম গল্পের ছলে তাঁকে জেরা করার চেষ্টা করে, সেটা বুঝে তিনি মনে মনে হাসেন, আর একটা ব্যাপারেও সম্পৎ হানা দেয়, সে এলেই বড্ডজ্ঞানী কাছেই একটা দোকান থেকে fish fry এনে খাওয়ান, যমুনা প্রসাদের fish fry যে না খেয়েছে সে জানেই না আহা সে কি বস্তু থেকে বঞ্চিত হয়ে আছে।

9th, August, 2020

গোমুখ যাবার পথে গহন হিমালয়ের কন্দরে বড্ড জ্ঞানীর যুগপৎ আবাস এবং আবাস ভূমিতে সেদিন বড় মিটিং, বড্ড জ্ঞানীর সব সাগরেদ বন্ধুদের নিয়ে। এটা মোটামুটি বছরে একবার বা দুবার হয়ে থাকে। বেশ ভাবগম্ভীর পরিবেশে উচ্চ মানের ভাষণ দেওয়া হয়. সবাই কিছু না কিছু বলার চেষ্টা করে, আর সেই মিটিং প্রায়ই কামড়াকামড়ি বা টুঁসো টুঁসিতে সমাপ্ত হয়। এই সব দলীয় মিটিং গুলো শুরুতে দলীয় উপাসনা সংগীত দিয়ে শুরু হলেও সমাপ্তিতে প্রায়শই বড্ড জ্ঞানী কে ডান্ডা বা বেত চালিয়ে মিটিং শেষ করতে হয়।

বড্ড জ্ঞানী ঘুম পাড়ানির এক অভিন্ন হৃদয় বন্ধু ছিলেন , যদিও বড্ড জ্ঞানীর থেকে বয়সে অনেকই ছোট, তবু তিনি এখন আর নেই, ঠাকুর দেবতাই হয়ে গেছেন। জগৎ ছেড়ে রবির দেশে পাড়ি দিয়েছেন অনেক কাল হল। তাই বড্ড জ্ঞানী সবাইকে বলে দিয়েছেন তাঁকে যেন সবাই রবি ঠাকুর বলেই জানে। তা সেই রবি ঠাকুরের লেখা আর সুর দেওয়া একটা একটা গানই এই এদের দলীয় সংগীত করা হয়েছে।

আয় তবে সহচরী,

হাতে হাতে ধরি ধরি,

নাচিবি ঘিরিঘিরি

গাহিবি গান।

আন তবে বীনা.... সপ্তমসুরেবাঁধ......

10th December, 2020

সেদিনের মিটিং এ প্রথমেই দার্শনিক উঠে দাঁড়ালো বক্তব্য রাখার জন্য। সভায় সামান্য গুঞ্জন উঠল, সাধারণতঃ দার্শনিকের বক্তৃতা চলাকালীনই টুঁসোটুসি ঘুঁষোঘুঁসি শুরু হয়, বড্ড জ্ঞানী বেত উঁচিয়ে order order বলে সভা শান্ত করলেন। দার্শনিক বলতে শুরু করল. খবর পাওয়া যাচ্ছে কলকাতার কালীঘাট অঞ্চলের কালিদাস পতিতুনদি লেনের মহল্লায় Covit - 19 Corona ভাইরাস নাম - এক মহামারী শুরু হয়েছে, সেখানকার লোকজনদের এখানে যেন আসতে না দেওয়া হয় আর যারা এখানে সেইখান থেকে এসেছে তাদের যেন টুঁসিয়ে পাহাড় থেকে নিচে ফেলে দেওয়া হয়। বলেই সে তীব্র বেগে বড্ড জ্ঞানীর দিকে সিং বাগিয়ে তেড়ে গেল। বড্ড জ্ঞানী alert ছিলেন, স্যাট করে সরে যেতেই দার্শনিক বড্ড জ্ঞানীকে ফস্কে গিয়ে আর একটু হলেই প্রত্যুৎপন্নমতিত্বর ঘাড়ে গিয়ে পড়ছিলো, কিন্তু প্রতুত্পন্নমতিত্বের নিমেষের ক্যালকুলেশন এ নিজেকে বাঁচিয়ে সরিয়ে নিতেই উল্লু-কে-পট্ঠা শ্রী পেচকের ঘাড়ে গিয়ে পড়ল। তখন দিনের আলো ছিল, উল্লু-কে-পট্ঠা সারারাত ঘোরাঘুরি ওড়াউড়ি করে ঝিমোচ্ছিল, এরকম আচম্বিত ও অকারণ আক্রমের জন্য প্রস্তুত ছিল না, দুজনার মধ্যে ঝটাপটি মারামারি লেগে গেল। সবাই মিলে দুজনকে ছাড়াছাড়ি করিয়ে যার যার জায়গায় ফেরত পাঠিয়ে দিল। প্রত্যুৎপন্নমতিত্ব সভায় জানিয়ে দিল যে এ পর্যন্ত যা যা হল তা সবই তার hard disk এ তুলে রাখা হয়েছে। তার Mother board / Hard disk সর্বদা চালু থাকে।

11thDecember, 2020

পরবর্তী বক্তা Great Indian Hornbill শ্রী ধনেশ কে বক্তব্য রাখতে ডাকা হল।

শ্রী ধনেশ বেশ কয়েকটা আন্তর্জাতিক স্বাস্থ্য সংক্রান্ত মিটিং উপলক্ষ্যে শ্রী লঙ্কা - মালয়েশিয়া - লাওস - থাইল্যান্ড - ভিয়েতনাম - কাম্বোডিয়া - নেপাল - ভুটান - চীন - তিব্বত - বাংলাদেশ হয়ে ফিরে এসেছে। প্রভূত তথ্য তার কাছে। সে শুরু করল। --বন্ধুগন, আমাদের দার্শনিক যে কথা দিয়ে শুরু করেছিল তা অভ্রান্ত। সে অবশ্য সঠিক ভাবে বক্তব্য রাখতে পারেনি, সে অবশ্য অসুখের নাম আর ভাইরাসের নাম দুটোই ঠিক মত বলতে পারে নি, ওই দুটো তো চলছেই, কিন্তু তার থেকেও মারাত্মক আকাশে বাতাসে ঘুরে বেড়াচ্ছে। আমি বুঝিয়ে বলছি। ধৈর্যচ্যুত হয়ে আক্রমণাত্মক হয়ে বসেছিল, তবে তার কথা সত্য। Cleptomanicia ভাইরাস বা Cliptic-19 এই নতুন একটা অসুখ সারা পৃথিবীতে ছড়িয়ে পড়েছে বটে। সব দেশগুলো যদিও একযোগে Chingara নামক দেশটাকে এই অসুখটা ছড়িয়ে দিয়েছে বলে অভিযুক্ত করছে কিন্তু আমার ব্যাপারটা অত সহজ বলে মনে হচ্ছে না। আমার গভীর সন্দেহ এর ভেতরে প্রচুর গোপন রহস্য মজুদ আছে। গভীর গোপন রহস্যের কথা শুনে সভায় মৃদু গুঞ্জন আর মৃদু কোলাহল শুরু হল। সবাই নিজেদের মধ্যে গা ঘেঁষাঘেঁষি করে পরস্পরের কাছে সরে এল। দেখা গেল Mountain Rodent Giant Field Rat শ্রী শ্বেতপদ মূষিক বসে পড়েছে শ্রী পেচকের পাশেই । এমন আরো দু চারটে গোলমেলে কান্ড সবাই দেখেও উপেক্ষা করে শ্রী ধনেশের পরবর্তী কথা শোনার জন্য উদগ্রীব হয়ে রইল।

14thDecember, 2020

শ্রী ধনেশ গলা খাঁকারি দিয়ে পুনরায় শুরু করল। --

সদস্য - সাথী - এবং বন্ধুগণ, আমাদের এই গ্রহের সুনির্মল আকাশে, বাতাসে আজ খুবই দুর্যোগ ঘনিয়ে এসেছে। আমরা কেউই এর সঠিক তাৎপর্যা অনুধাবন করতে পারছি না। আমাদের মসীহা গুরুদেব শ্রীযুক্ত বড্ডজ্ঞানী ঘুমপাড়ানি আমাকে সব বুঝিয়ে দিয়েছেন। আর সে সব বুঝে আমার সব পালক খাড়া হয়ে উঠেছে। আমি এখনই আপনাদের সে সবই বুঝিয়ে বলে দিচ্ছি। আপনারা সব মন দিয়ে শুনুন। গোলমাল মা কুরু। (ঠিক এ সময় বড্ড জ্ঞানী তাড়াতাড়ি করে তাঁর নিজের কোমরে বাঁধা triglyceride palpelika habastika দিয়ে তৈরী বটুয়া থেকে ক্ষুদ্র ক্ষুদ্র পরিমান diabolic grass সবাইকে দিয়ে বললেন টপাটপ খ্যাঁস খ্যাঁস ঘ্যাঁস ঘ্যাঁস করে ওগুলো চিবিয়ে খেয়ে ফেল, তাতে সবার ব্যাপারটা বুঝতে সুবিধে হবে। সবাই তাই করল করল। এই diabolic grass আমি milky way থেকে নিয়ে এসেছি তোমাদের জন্য। এটা খেলে তোমাদের তোমাদের বুদ্ধি সহস্র গুন বৃদ্ধি পাবে। আর শ্রী ধনেশ তুমি একটু বেশি করে চিবোও। সবাই তাই করল করল। সেই diabolic grass চিবোতেই সবার মাথায়ই একবারের জন্য ভোঁ ধরে গেল সকলেরই মনে হতে লাগলো কতদিন যেন ঘুমিয়ে ছিল, হঠাৎ করে ঘুম ভেঙে উঠলো। প্রত্যুৎপন্নমতিও খ্যা খ্যা করে হাসতে লাগলো, সে খায় নি, তাকে দেওয়া হয় নি।

শ্রী ধনেশ সবার দিকে তাকিয়ে উচ্চস্বরে শুরু করল আবার, আমি তো জানিই আর তোমরাও সবাই জান যে (লক্ষ্যণীয় , এতক্ষন আপনারা বলে বলা হচ্ছিল, diabolical grass খাবার পর সেটা তুমিতে নেবে এল।) ZONAMA

Company অনেক বড়, আমাদের মসীহা গুরুদেব বড্ডজ্ঞানী হামেশাই সেখান থেকে অনেক রকম জিনিস পত্র কিনে থাকেন। আমাদের এই গ্রহে অনেক - অনেক জায়গায় তাদের বিরাট বিরাট সব বিপনী আর office, আর এরকম বিশাল বিশাল কোম্পানি আর অফিস আরো বেশ কয়েকটা আছে। সেখান থেকে, সেই সব দোকান আর office এ রাখা জিনিস পত্র আর নানা রকম service ও কিনে নেওয়া যায়, আবার on line order করেও আনিয়ে নেওয়া যায়। সেই বিশাল কোম্পানিটায় গাদা গাদা কর্মচারী কম্পিউটার টিপে টিপে মুন্ডু গুঁজে কাজ করে। সে হাজার হাজার সব কর্মচারী। তাদের অনেক টাকা বেতন দিতে কোম্পানিগুলোর গা চড়চড় করে। লাভ কমে যায়। এই গ্রহে এ রকম বড় বড় কোম্পানি বেশ কয়েকটা আছে। তারাই এই গ্রহের সত্যি করে সত্যিকারের মালিক। তারা যেমন ঠিক করে তেমনি হয়। এ সময় উপস্থিত সদস্যদের মধ্যে একটু উসখুস বিরক্তি দেখা গেল, Cliptic-19 নিয়ে বলতে বসে এসব কি কথা !! বড্ড জ্ঞানী বেত উঁচিয়ে সবাইকে শান্ত করলেন।

শ্রী ধনেশ আবার শুরু করল।

15th December, 2020

সেই সব company গুলোর মালিকেরা নানা রকম বুদ্ধি খাটিয়ে আর পরীক্ষা নিরীক্ষা চালিয়ে বিনা কর্মচারী দিয়ে ঐসব দোকান আর office গুলোতে কাজ চালাবার পদ্ধতি বার করে ফেলেছে। আর সেইসব কাজ গুলো হতভাগা নিজ-বুদ্ধি-হীন computer গুলো software এ প্রোগ্র্যাম করা directives তাদের মাথার মধ্যে মানে mother board আর

hard disk গুলোয় ভরে নিয়ে ছাগলের মত কাজ করতে শুরু করেছে। এই সময় সভার মধ্যে পুনরায় তুমুল বিশৃঙ্খল আর মারদাঙ্গার পরিস্থিতির উদয় হল। দার্শনিক তার বুড়ো সিং দুটো পাথরে ঘষতে ঘষতে ঘোলাটে চোখে বলতে লাগল, আজ ওই বড্ড জ্ঞানীটার একদিন কি আমার একদিন। আর প্রত্যুৎপন্নমতিত্বকে দেখা গেল monitor থেকে তার খুলে নিয়ে বড্ডজ্ঞানীর দিকে এগিয়ে আসতে। সাথে সাথে বড্ডজ্ঞানী ডিংকাচিকা ডিং ডং hypnotism অস্ত্রে সবাইকে সম্মোহিত করে সভা শান্ত করলেন, তারপর শ্রী ধনেশকে সম্মোহন থেকে মুক্ত করে তাকে বক্তৃতা চালিয়ে যেতে বললেন। শ্রী ধনেশ আবার শুরু করল।

সে বলতে লাগল, কোম্পানি গুলো দেখল এতে তো মহা লাভ ! অফিসগুলো সব ফাঁকা পড়ে রয়েছে, দোকানে মাল ঠাসা, খরিদ্দারেরা আগের মতোই আসছে, নিজেরা মাল তুলে নিচ্ছে, বেরিয়ে যাচ্ছে কোন রকম billing করতে হচ্ছে না payment ও নিতে হচ্ছে না, অথচ আপনা হতেই net banking দিয়ে payment ও হয়ে যাচ্ছে। এমন কি security guard এর ও দরকার হচ্ছে না , বিলকুল বিনা কর্মচারীতে কেল্লা ফতে ! কোম্পানি গুলোর মালিকদের তো আর খুশি ধরে না। লাভ ই লাভ। খরিদ্দারদের শুধু ঢোকার সময় e-pass আগে থেকে করে নিতে হচ্ছে। দোকান বা অফিস এর বাইরে auto enrolling entry devise এ log in করে ঢুকে যায় ভেতরে, ওই machine ই সেই খরিদ্দারের bank account এর সাথে link করে payment হাসিল করে নেবে। যা যা জিনিস তুলবে আর বাস্কেটে রাখবে সাথে সাথে বিলিং হয়ে যাবে। বেরোবার সময় ও কোন ঝঞ্ঝাট নেই, no checking ! কোন

কর্মচারী নেই, তাই কোন মাইনেও দিতে হবে না। অফিস গুলোতেও একই ব্যাপার, যা কাজ সব ওই ছাগল কম্পিউটার গুলোই করে দেবে।

এইবার এই সময় শ্রী ধনেশ বড্ড জ্ঞানীর কাছ থেকে আবার একটু diabolic grass চেয়ে নিয়ে চিবিয়ে নিলো। তারপর আবার শুরু করল। এতে দেখা গেল আমাদের গ্রহে বিপুল পরিমান প্রাণী কর্মহীন হয়ে পড়ল, তাদের কোন কাজ নেই, তাদের সব জমানো টাকা পয়সাও ফুরিয়ে গেল। তারা কিছু খেতে পাচ্ছে না। চারিদিকে মারপিট, দাঙ্গা-হাঙ্গামা শুরু হবার সম্ভাবনা। এই সব প্রাণীগুলোকে ঘরে বন্দি করার দরকার হয়ে পড়ল। কিন্তু সারা গ্রহে এত পুলিশ মিলিটারিই বা কোথায় ! এমন ব্যবস্থা করতে হবে যাতে প্রাণীগুলো নিজেরাই নিজেদের বন্দি করে ফেলতে পারে। সুস্থ প্রাণীগুলো যেন সর্বদা মনে করে এই বুঝি অসুস্থ হয়ে পড়লাম, অন্য কারো কাছাকাছি যাওয়া চলবে না. অন্য কারোকে কাছে আসতে দেওয়া চলবে না। হাত মুঠো করে পা মুঠো করে, নাক বন্ধ করে মুখ বন্ধ করে, মুখোশ এঁটে ঘরে ঢুকে বসে থাকতে হবে। আর তাহলে বিক্ষোভ, মারদাঙ্গার কোন ভয় থাকবে না। সবাই সবাইকে সন্দেহ করবে, কেউ কারো কাছে আসবে না। বাঃ কি মজাই না হবে তা হলে ! যেমন ভাবা তেমন কাজ, ওই সব বড় বড় কোম্পানি গুলো লেগে পড়ল কাজে, এমন প্রচার করে ভয় পাইয়ে দিল সবাইকে যে প্রাণীগুলো সত্যিই ঠিক অমনই করতে শুরু করল। আর এ জন্যে এমন একটা ভাইরাস এর গল্প ছড়াল যা শিক্ষিত-অশিক্ষিত-বাচ্চা-বৃদ্ধ-যুবক-পুরুষ-নারী সবাই জেনে গেল সেই ভাইরাসের নাম। আর এর জন্য এমন একটা

Virus দরকার যা পরীক্ষা করলে সব প্রাণীর মধ্যেই পাওয়া যাবে, পরীক্ষা করলেই report positive ! এমন কি ভাইরাস আছে ! কেন ! জল তেষ্টা পাওয়া, বেশিক্ষন না খেয়ে থাকলে খিদে পাওয়া, বেশিক্ষন জেগে থাকলে ঘুম পাওয়া, চারিদিক থেকে সব রকম গন্ধ পাওয়া, সর্দি, কাশি, গলা খুসখুস ! এই গুলোতো দিব্যি অসুখ বলে চালিয়ে দেওয়া যায়। সবাই মিলে বলতে শুরু করলে এটা অসুখ বলে দাঁড় করিয়ে দেওয়া যাবে ! সবার মধ্যেই কিছু না কিছু পাওয়া যাবেই। এই ভাইরাসের নাম Cleptomanicia ! হাজার হাজার বছর ধরেই এই Cleptomanicia ভাইরাস আমাদের এই গ্রহে বিদ্যমান। আর তাতে কখনো কখনো আক্রান্ত হয়ে প্রাণীরা মারাও যায়। কিন্তু এই 2020 সালে এর একটা নতুন নাম দেওয়া দরকার, প্রাণীদের এই নতুন ব্যাপারটা খাওয়াতে হবে তো। তাই একটা নাম বানানো হল, Cliptic-19 !! গল্পের মধ্যে আমরা ওই মহাভারত বইটাতেই তো পাই কুরু-পাণ্ডবের যুদ্ধ, কত সহস্র প্রাণীই তো ওই আঠারো দিনে মারা পড়ল। তারপর তো আরও কত শত যুদ্ধ যুদ্ধ খেলা হয়েছে। তাতে বেশ কিছু প্রাণীকে মারা গেছে, প্রাণী সংখ্যা কিছু হলেও কমান গিয়েছিল, তবুও প্রাণীরা হু হু করে বেড়েই চলেছিল। সেটাকে আবার কমাতে দু দুটো বিশ্বযুদ্ধ করতে হয়েছিল। তাতেও তো প্রানীসংখ্যা বৃদ্ধি থামান যাচ্ছে না। এমন বুদ্ধি করতে হবে যাতে প্রাণীরা আর মোটেই না বাড়ে। এদিকে প্রাণীরা এই Cleptomanicia আর Cliptic-19 ভাইরাসের ওষুধ চাই বলে বড়োই চেঁচামেচি শুরু করেছে। ওই সব প্রাণীরা আর ঘরে বন্দি হয়ে থাকতে চাইছে না। এই !! এই একটা সুযোগ !! কোম্পানি মালিকেরা নিজেদের মধ্যে জরুরি মিটিং এ বসে পড়ল, গুজগুজ-ফুসফুস করে নিজেদের গভীর ষড়যন্ত্র আর বুদ্ধি লাগিয়ে

Plan Xlent বানিয়ে ফেলল। এই Cleptomanicia আর Cliptic-19 এর প্রতিষেধক বানিয়ে ফেলতে হবে। আর তা কোটি কোটি কোটি কোটি প্রাণীর মধ্যে প্রয়োগ করতে হবে। এই ওষুধ খাওয়া প্রাণীরা হেসে খেলে গান গেয়ে আনন্দ করে বেঁচে থাকবে বটে, কিন্তু আর কোন প্রাণী বাড়াতে পারবে না। কেমন মজা ! যুদ্ধ নেই, কিন্তু প্রাণীরা তো মরণশীল, তাই তারা বয়সকালে মরতেই থাকবে আর নতুন প্রাণীও অনেক কম জন্মাবে ! তবু প্রাণী সংখ্যা কমতেই থাকবে, তাতে বেকার প্রাণী সংখ্যা থাকবেই না। বাহ্ ! চমৎকার প্ল্যান ! কিন্তু বানাবে কে !! কেন ! দু রকম ওষুধ তারা তৈরী করল, অর্ধেক সত্যি ওষুধ আর অর্ধেক placebo বা inert , ... কে কোনটা পাবে কেউ জানতে পারবে না।

16th December, 2020

যারা সভার শোতৃমন্ডলী তারা সবাই diabolical grass চিবিয়ে ঢুলছিল, আর শ্রী ধনেশ ও গ্রাস ডবল চিবিয়ে প্রচুর উল্টোপাল্টা বকছিল দেখে বড্ডজ্ঞানী ওঁ কুরুবক ওঁ কুরুবক বলে সভা ভঙ্গ করলেন। সবাই যে যেখানে ছিল সেখানেই ঘুমে ঢলে পড়ল ....

বড্ড জ্ঞানী এবার নিজের গুহা-ক্যাম্প এ ঢুকে নিজের তৈরী মনোহর সূরা-সুধা শরৎবৎ খানিকটা আয়েস করে চুক চুক করে খেতে খেতে পরবর্তী কর্ত্যব্যকর্মগুলো ভেবে নিতে লাগলেন। প্রথমে miniature nuclear reactor এ hishisani element এর charged protons গুলোকে magnetic field এর ভেতর দিয়ে nuclear reaction and bombardment এর

সাহায্যে high energy তৈরী করে তা দিয়ে রেল ইঞ্জিন চালাবার ব্যবস্থা করতে হবে।

তাঁর নিজস্ব আবিষ্কার হিসহিসানি gas element অবশ্যাই এক যুগান্তকারী আবিষ্কার। এই হিসহিসানি গ্যাস এতই হালকা যে বেশির ভাগটাই এই গ্রহের সর্বোচ্য layer এ থাকে, তার পাশে অবশ্য ফিসফিসানি ও থাকে। আর বেশ খানিকটা হিসহিসানি অন্য গ্যাসেদের সাথে না মিশে মাটির কাছাকাছিও থাকে। যা হোক বড্ডজ্ঞানী এই হিসহিসানি গ্যাস কে তাঁর তৈরী খেচর Space Ship প্রয়োগ করেছেন। এই গ্যাস খেচর স্পেসশিপের তলায় একটা চেম্বারে ভরে রেখেছেন, তাতে খেচর সব সময় আকাশে ভেসে থাকে, মাটিতে landing করানোর দরকারই হয় না। তবে হিসহিসানি এতই হালকা element যে খেচর একটু হাওয়াতেই এদিক ওদিক ভেসে যায়। তাই বিশ্রামরত খেচর কে ওই ভুজবাসা অঞ্চলেরই একটা সু উচ্চ খাড়া পর্বত চূড়ার সাথে বেঁধে mooring করে রাখতে হয়। আর এই Hishisani গ্যাস Element এর আর একটা মস্ত বড় গুন হল যে এই গ্যাস মোটেই নিজে থেকে inflammable নয়। একটু এদিক সেদিক করে inflammable ও করে নেওয়া যায়।তাতে সুবিধে এই যে হঠাৎ করে খেচরে আগুন লেগে যাবার ভয়ও থাকে না। আবার যদি কখনো যদি খেচরকে মাটিতে নামিয়ে আনার দরকার হয় তবে খানিকটা হিসহিসানি বার করে দিলেই খেচর মাটিতে নেমে আসে, আবার ওপরে তোলার সময় osmosis infiltration process প্রয়োগ করে atmosphere থেকে হিসহিসানী টেনে নিয়ে খেচরে ভরে দিলেই সে হালকা হয়ে ওপরে উঠে যায়।

17th December, 2020

এই নতুন পবিত্র পাওয়ার বা energy রেল ইঞ্জিনে প্রয়োগ করতে গেলে তো সে গুলোর মালিকের অনুমতি লাগবে, আর কিছু নগন্য সংখ্যা বাদ দিলে প্রায় সব রেল ইঞ্জিনের মালিকই হল দেশের রেল কর্তৃপক্ষ। তাই তাদের সাথে বৈঠক করা দরকার। এ বিষয়ের ভার দেওয়া আছে তাঁর একান্ত সচিব লম্বা টেকোর ওপর। লম্বা টেকো এ বিষয়ে কথা বলতে রেল মন্ত্রীর দপ্তরে গিয়েছিল। সেখানকার বড় বড় সব অফিসার, ইঞ্জিনীয়ার আর সবার ওপরে মন্ত্রীকে এই power বা energyর কথা বুঝিয়ে বলতে। লম্বা টেকো বুঝিয়ে দিয়েছে এই পাওয়ার অনায়াসে একটা 24000 horse power এর দানবিক ইঞ্জিনকে পুরো লোডেড ওয়াগন শুদ্ধ অনায়াসে খেলনা গাড়ির মত টেনে নিয়ে যেতে পারবে। আর এর গতিবেগও চক্ষের পলকে সাড়ে চারশ-পাঁচশ মাইল প্রতি ঘন্টায় তুলে দেবে। পাঁচ হাজার মাইল বারো চোদ্দ ঘন্টায় পাড়ি দিয়ে দেবে। সব শুনে রেল মন্ত্রী কালু ধ্বজা সপর্দ বললেন মালগাড়ি যদি আস্তে আস্তে না চলে তা হলে আমার সনসর চলবে কেমন করে ! আমার তিন বিবি আর চল্লিশ বিটা বিটি। মালগাড়িকে আস্তে চলতে হোবে, শিখান থিকে মাল ঝাড়তিস করতে হোবে তোবে হামার সনসরের চাকায় তেল যোগান হোবে। গাড়ি জোরে চললে মুশকিল হয়ে যাবে। লম্বা টেকো কালীঘাটের কালিদাস পাতিতুনডি লেনের বাড়িতে ফিরে এসে এ ব্যাপারে বিস্তারিত রিপোর্ট লিখে e-mail করে প্রত্যুৎপন্নমতিত্বকে পাঠিয়ে দিয়েছে।

বড্ডজ্ঞানী মাঝে মধ্যেই এই যে milky way কিংবা Big Dipper Constellation এ চলে যান, কিম্বা আরো সব অন্য

অন্য ছায়াপথে না না রকম কাজে কর্মে চলে যান, সে সব তিনি একা একাই যাওয়া আসা করেন, এই গ্রহ থেকে কাউকে নিয়ে যান না। ওই মিত্রব-শিষ্ট্র ওরা ঠিক এই গ্রহের নয়, তাই তাদের কথা আলাদা। কিন্তু এই গ্রহের তাপমাত্রা এক এক সময় এক এক রকম হয়ে যাচ্ছে আজকাল, উষ্ণতার তারতম্য হচ্ছে বিস্তর। তাই অন্য কোন suitable জায়গা খুঁজছেন এই গ্রহের প্রাণীদের জন্য। তাই এবার ঠিক করেছেন সঙ্গে অন্য কাউকেও নিয়ে যাবেন। অনেক চিন্তা ভাবনা করে ঠিক করেছেন পিকা দের কয়েকজনকে নিয়ে যাবেন। হিমালয়ের অনেক উঁচুতে, মানে কুড়ি হাজার ফুট উচ্চতার কাছাকাছি জায়গায় থাকে এই বড় বড় কানের Ochotona Pika পিকারা। ওদের কয়েকজনকে সঙ্গে নিয়ে যাবেন ঠিক করেছেন। ওরা অবশ্য খুব বেশি হলে বড়জোর সাত বছর পর্যন্ত বাঁচে, তাতে অসুবিধে নেই, বড্ডজ্ঞানী মোটেই দিন পনেরর বেশি থাকবেন না। পিকাদের খাদ্যের জন্য কিছু Himalayan herbs নিয়ে যেতে হবে। সাথে কিছু হিমালয়ের অতি উঁচুতে যে সামান্য ঘাস হয় তা খুঁজে জোগাড় করে নিয়ে যেতে হবে।

18th December, 2020

বড্ডজ্ঞানী এবারে এই যে বহির্বিশ্বের মহাকাশে চলেছেন তার একটা বিশেষ উদ্দেশ্য আছে। তিনি বহু বছর ধরে রক্তের শ্বেতকণিকার অবিকল জোড়া তৈরী নিয়ে কাজ করেছেন, যাকে cloning of White Blood Cells ও বলা যেতে পারে। এটা যদি সফল ভাবে প্রয়োগ করা যায় তবে চিকিৎসা বিজ্ঞানে নতুন দিগন্ত খুলে যাবে। এখন এই গ্রহে কোন কোন Research Laboratoriesএ এই Monoclonal Antibodies

নিয়ে গবেষণার কাজ চলছে। তবে তা নেহাৎই প্রাথমিক অবস্থায় আছে। বড্ডজ্ঞানী কাগজে কলমে বহুদিন আগেই প্রমান করে রেখেচেছেন যে এই Monoclonal Antibodies ঠিকমত প্রয়োগ করে আর সেই উপায় cloning of white blood cell এর মাধ্যমে ক্যান্সারের মত দুরারোগ্য ব্যাধিও নির্মূল করা যাবে। এ ছাড়াও আরো অনেক অনেক অসুখ সরানো যাবে। তবে তিনি এও বলে রেখেছেন যে প্রয়োগে সামান্য ভুলচুক হলে অনেক রকম side effect বা প্‌বার্শপ্রতিক্রিয়াও হতে পারে, এর মধ্যে ক্যান্সার ও হতে পারে। এই ব্যাপারটার ওপর একটা presentation দেবার জন্য তাঁর ডাক পড়েছে, তবে সেটা এই Solar system বাইরে অন্য এক জগতে এই seminarটা হতে চলেছে। তিনি যতদিন থাকবেন না সে সময় যাতে সব কিছু ঠিকঠাক চলে তার ভার তিনি তাঁর একান্ত গোপনীয় সচিব কিংকর্তব্যব্যবিমূঢ় কে দিয়ে যাচ্ছেন। এবারে তাঁর খেচরে জীবন্ত প্রাণী Ochotona Pika দের সাথে প্রত্যুত্‌পন্নমতিত্বকেও নিয়ে চলেছেন, তাঁর এই গ্রহে না থাকার সময় প্রত্যুত্‌পন্নমতিত্বকে ছেড়ে যেতে ইদানিং ভরসা পাচ্ছেন না, সে দিন দিন খুবই স্বাধীনচেতা হয়ে উঠছে, কাউকে মানতে চাইছেন না, নিজের ইচ্ছেতে অনেক কিছু করে বসে থাকছে।এত বুদ্ধি হয়েছে যে আজকাল নিজে নিজে software program লিখে ফেলছে আর তার প্রয়োগ করে বড্ডজ্ঞানীকে tight দেবার চেষ্টাও করছে। আবার প্রতিবার ধরা পড়ার পর খ্যাকখ্যাক করে হাসতে থাকে। এবার বড্ডজ্ঞানী তাঁর নিজের তৈরী folding cyclotron pilot plant টাকেও সঙ্গে নিয়ে চলেছেন, হয়তো সেটা দিয়েও কিছু ভেলকি দেখবেন।

4thJanuary, 2021

সকাল সকাল পান্তা, লঙ্কা পোড়া আর মাছের টক খেয়ে ঘন্টা রতন ইসকুলে গেল। ঘন্টা রতন কারফোরিয়া কিরাত নগর বালক বালিকা আধা উচ্চ বিশ্ববিদ্যালয়ের চার ক্লাসে পড়ে। ওদের ইশ্‌কুলের সব ছাত্র ছাত্রীরাই পান্তা খেয়ে ছ্যাঁচা বেড়া ঘেরা ইস্কুলের হোগলার চালা দেওয়া ঘরের মাটিতে বসে পড়া করে। যারা আগে আগে আসতে পারে তারা পেছনের দিকে বসতে পায়, যারা দেরি করে আসে তাদের মাস্টারের মধ্যে সামনের সারিতে বসতে হয়। সেদিন অংকর কেলাসের মাস্টরের কেলাস নিতে ইচ্ছে হল না। হেড মাস্টর মশাইকে যা তা বলে বাড়ি চলে গেল। কিন্তু কেলাস তো ফাঁকা রাখা রাখা যাবে না। হেড মাষ্টর সংস্কৃত পন্ডিতকে ডেকে আচ্ছা ধমক দিলেন। আপনি নাকি কাল আস্ত কাঁঠাল খাবার লোভে ইসকুল কামাই করেছেন ? আজ আপনাকে চার কেলাসের অংকের কেলাস নিতে হবে। ঘটনাটা সত্যি বলে উনো পন্ডিত কিছু বলতে পারল না। সে গেল ঘন্টা রতনদের চার কেলাসের অংকৰ কেলাস নিতে।

ঘন্টারতন সেদিন কেলাসে পেছন দিকে দিকে বসার জায়গা পায়নি। একেবারে সামনে বসতে হয়েছিল। এমনিতেই অঙ্কের কেলাস তার একেবারেই ভাল লাগে না। তার ওপর উনো পন্ডিত ! মেজাজ টা ভাল ছিল না মোটেই। তার ওপর উনো পন্ডিত কেলাসে ঢুকেই সামনে পেয়ে গেল ঘন্টারতন কে। কয়েকদিন আগে উনো পন্ডিত ঘন্টারতনদের বাড়ির পেছনের ছাইগাদায় মান কচু চুরি করতে গিয়ে হাতে নাতে ধরা পড়ে গিয়েছিল, ঘন্টার পিসি আর কিছু করতে না পেরে এক বালতি গোবর জল ছুড়ে

মেরেছিল। উনোপন্ডিত যদিও মানকচুটা বগলদাবা করেই পালিয়েছিল বটে, তবু মনে মনে রাগ ছিলই। কোন কিছু কথা না বলেই ঘন্টার পেটটা রাম চিমটি দিয়ে পেঁচিয়ে ধরল। ঘন্টা বাপরে মারে বলে চেঁচিয়ে উঠে ঘ্যাঁক করে উনো পন্ডিতের হাতে মোক্ষম এক কামড় বসিয়ে বই খাতা সব ওখানেই ফেলে রেখে ইস্কুল থেকে সোজা পালিয়ে একেবারে রাস্তায়।

বেশি হাঁটাহাঁটি করতে ভাল লাগছিল না ঘন্টার। সে তো জানেই নির্ঘাত তার নাম কাটা যাবে ইস্কুলের খাতা থেকে। আর তার পরে তার বাবা তাদের এঁড়ে গরুটা বিক্রি করে দিয়ে তাকে মাঠে ক্ষেতচষার কাজে লাগিয়ে দেবে। সে মোটেই আর বাড়ি ফিরবে না। গায়ের জামা টা তুলে পেটে উনোপন্ডিতের রামচিমটি কাটা জায়গাটায় হাত বোলাতে বোলাতে মস্ত একটা বটগাছ তলায় ছায়া দেখে বসল। একটা ব্যাপারে তার খুব আনন্দ হচ্ছিল, কামড়টা দিয়েছে সে জব্বর। উনোপন্ডিত অন্ততঃ একমাস ভুগবে। সেই বটগাছ তলায় ভুঁড়ুৎ বাবু ফুড়ূৎকার মস্ত দোকান দিয়েছেন। বিরাট কারবার তাঁর। একসঙ্গে ছাতা আর ছাতুর দোকান। হরেক রকম ছাতা সেখানে। ট্রামগাড়িতে ফেলে যাওয়া ছাতা, বাস গাড়িতে ফেলে যাওয়া, রেল গাড়িতে, অফিসে, বাজারে, দোকানে, মায় আত্মীয়-স্বজনদের বাড়িতে ফেলে যাওয়া ছাতা, সে সব হরেক রকম ছাতার মস্ত কারবার। ভুঁরুৎবাবু খাঁটি গজস্থান দেশের গাড়োয়ারি গড়বেহারী। বেওসা ছাড়া কিছু জানেন না। বিরাট কারবার তাঁর। একই ছাতা চারবার পাঁচবার করে ঘুরে ঘুরে তাঁর কাছে আসে। সে সব আবার নতুন টিকস লাগিয়ে আবার বিক্রি হয়। ভারী লাভ হয়। ঘন্টারতনকে বিরস বদনে এসে বসতে দেখে আড় চোখে তার

দিকে তাকিয়ে ভুরুৎ বাবু একটা গান ধরলেন। ওই একটা গানই তাঁর জানা আছে। .... অরে সত্তু আসে, সান্তা আসে, হামি আসে ঘাড়বেড়িয়া। .... গজস্থানের ঘরোয়াড়ি ঘরে কাঁড়ি কাঁড়ি রুপাইয়া ঘাঁটি গাড়ে। হারে সত্তু আসে, সান্তা আসে। ...... ওঃ সে যা গান ! বটগাছে বসা কাক পক্ষী যত ছিল সব ঝটপট ঝটাপটি করে উঠল, আর ঘন্টারতনের বুকটা ধড়ফড় করে উঠল। ঘন্টারতন চেঁচিয়ে ধমক দিয়ে বলল, এই এই এইও don't talk চুপ চাপ no talk no talk .... stop talk no talk !

9th January, 2020

বড্ড জ্ঞানী অনেকদিন ধরেই কম্পিউটার এর কার্য ক্ষমতা দ্বিগুণ বা চতুর্গুন বা অনন্তগুন করার চেষ্টা চালিয়ে যাচ্ছেন ।। পৃথিবীতে আমেরিকা যুক্তরাষ্ট্র নামক দেশে গর্ডন আর্ল মুর নামে এক অঙ্ক আর physics জানা মানুষ আছেন। তিনি বলেছেন কম্পিউটার যত পুরনো হবে তার চিপের মধ্যে inscribe করা bracket এর নম্বর বাড়তে থাকে। আর এই bracket এর সংখ্যা যত বাড়তে থাকবে কম্পিউটার এর স্পীড ও ততই বাড়তে থাকবে। এখন এই ধারণা বা নিয়মের নাম হয়েছে Moor's Law. এ সবই বড্ড জ্ঞানীর জানা। কালীদাস পতিতুন্ডি লেন এর বাড়ির সাদা দেওয়ালে এই ব্যাপারে অনেক অঙ্ক কষে দেখিয়ে দেওয়া আছে। শুধু মুশকিল হয়েছে এই রকম চিপস তৈরি করে দেবে এমন মিস্ত্রি পাওয়া যাচ্ছে না। সর্বকর্মা ইদানিং হিঙ্গু দেশে তার পুজো চালু করেছে আর সেই পুজোতে দেওয়া মিষ্টি - ফল ইত্যাদির নৈবেদ্য খেয়ে আর ভক্ত দের প্রসাদ করে দেওয়ার জন্য বোতল বোতল কাঁড়ি কাঁড়ি মদ আর মাংস খেয়ে খেয়ে মাথা

আর কাজে লাগাতে পারছে না। বড্ড জ্ঞানী নিজে আর এ সব ছোট খাট কাজে হাত লাগাতে চান না।

আর একটা সমস্যা পৃথিবীর ব্যবসায়ীরা বুঝতে চাইছে না যে এই চিপ এর মধ্যে bracket এর সংখ্যা ইচ্ছে মত বাড়ান যায় না। আবার সত্যি ই স্পীড আর কাজের ক্ষমতা বাড়াতে গেলে কম্পিউটার এর চিপের মধ্যে bracket এর সংখ্যা বাড়াতেই হবে। এটা করা যেতে পারে Quantum computer চালু করতে পারলে , এ নিয়ে অনেকেই মহা উৎসাহে লেগে পড়েছে। এক জন Physician, তাঁর নাম Arwin Joseph Alexander Shruyedinger , তিনি এ বিষয়ে অনেক কিছু theory লিখেছেন, সে সবের নাম দিয়েছেন Quantum Mechanics, সে সব নিয়ম কানুন খুব আজব বটে। সত্যি কথা বলতে কি Quantum Mechanics বলতে আসলে কিছু নেই, সবটাই কাল্পনিক। কিন্তু বড্ড জ্ঞানী দেখিয়ে দিয়েছেন সবটাই আসল, এর মধ্যে ভাঁওতা কিছু নেই। বড্ড জ্ঞানী দেখিয়ে দিয়েছেন একটা পাখি, সে কাক ও হতে পারে বক ও হতে পারে, ময়ূর ও হতে পারে, অবার চড়াই ও হতে পারে, সে সিংহ ও হতে পারে আবার দার্শনিক ও হতে পারে। একটা "আমি" বাঁচা ও হতে পারি আবার মরা ও হতে পারি। একটা যন্ত্র এক ই সাথে চলতে ও পারে আবার থেমেও থাকতে পারে। সবই আপেক্ষিক, relative ! এ সব লোকে গাঁজা খুরি বলে হাসতে থাকে। আবার একটা আমি দুটো বা তিনটে বা চারটে বা যতখুশি আমি হতে পরি। সবই সবার নিজস্ব চেতনা । এখন Shroyendinger এ সব নাকি লিখে ফেলে বিপদে পড়ে গেছেন, এ সবই সত্যি কিন্তু সবই মিথ্যা। ব্যাপারটা ঘোরাল বটে, একই সাথে সত্যি আবার মিথ্যা, এমন হয় নাকি ! বড্ড

জ্ঞানীর ভীষণ হাসি পায় এই সব বালখিল্যতা দেখে। যা হোক Google company একটা কোয়ান্টাম কম্পিউটার তৈরি করে ফেলে বাজারে ছেড়ে দিয়ে তারপর নাস্তানাবুদ হয়েছে। তাদের দেখা দেখি IBM ও Eagle Chip বানিয়ে ফেলেছে। এ সবই নাকি Quantum Supremacy ! বড্ড জ্ঞানী র প্রত্যুৎপন্নমতিত্তে র যে এ সব সব কিছু ই আছে, আর তার ওপরেও আরো কিছু আছে তা আর ক 'জনে জানে ! সে তো নিজে নিজেই software program লিখে নিয়ে তা নিজে থেকে upload করে আবার সেই মতই যে কাজ করতেও শুরু দেয় । এটাই ইদানিং বড্ড জ্ঞানী কে আজকাল কিছুটা ভাবিত করে তুলছে। বড্ড বেশি স্বাধীনচেতা হয়ে উঠেছে আজকাল প্রত্যুৎপন্নমতিত্ত ।

13th January, 2022

বড্ড জ্ঞানী ঘুমপাড়ানি কলকাতায় তাঁর নিজের কালীঘাটের বাড়িতে টং এর ঘরে বসে Calculus এর Limit এর একটা জটিল ব্যাপার আরও এগিয়ে নিয়ে যাবার জন্য ঘরের মধ্যে একটা ছোট মই এর ওপর চড়ে বসে সাদা দেওয়ালে অঙ্ক কষছিলেন । এমন সময় ভৃত্য দের কেউ একজন এসে খবর দিল কয়েকজন দেখা করতে এসেছে। ঘরের ভেতরের CC TV camera তে দেখে নিলেন কারা তারা। কাউকেই চিনলেন না। সদ্য গোঁফ গজান কয়েকজন আবার তাদের সাথে ক্যামেরা , boom এ সব ও আছে। ভৃত্য কে বললেন তাদের নিয়ে আসতে। তারা ঘরে ঢুকে কাউকে প্রথমে দেখতে না পেয়ে আর তারপর বড্ড জ্ঞানী কে মই এর মাথায় চেপে বসে থাকতে দেখে প্রায় দম বন্ধ হবার উপক্রম আর কি। কোন রকমে সামলে গিয়ে তারা কথা শুরু করল ----

স্যার, এ ব্যাপারে আপনার কাছ থেকে কিছু শুনতে চাই। কিছু বলুন স্যার।

বড্ড জ্ঞানী ঘুমপাড়ানি কোন রকম ভূমিকা না করেই শুরু করে দিলেন, এই যে Limit Laws and Evaluating Limits .....

যারা এসেছিল তারা হাঁক প্যাঁক প্যাঁক করতে শুরু করে দিল। না স্যার, না স্যার, ও সব কিছু নয়, আমরা জানতে চাইছিলাম এই যে কয়েক দিন হলো আমেরিকার Baltimore শহরে University of Merryland Medical School এ একজন সাতান্ন বছর মানুষের শরীরে শুয়োরের হৃদযন্ত্র বসান হল আর সে দিব্যি বেঁচেও রয়েছে, পরিষ্কার স্বাভাবিক মানুষের মত কথা বলছে...... সেই ব্যাপারে আপনার ......

অ এই কথা ..... তো এটা তো হতেই পারে। আসলে শুয়োরের বাম দিকে দুটো lobes আর ডান দিকে চারটে lobes কিন্তু মানুষের আছে তিনটে ডান দিকে আর চারটে বাম দিকে। এই দিয়ে শুরু করে প্রায় তিন মিনিট কথা বলার পর যারা এসেছিল (সব সাংবাদিকের দল) তাদের চোয়াল প্রায় ঝুলে গেল। মাথা বণ বন করে ঘুরতে লাগল। তারা সমস্বরে বলে উঠল স্যার, আমরা সব গরীব আদমি , শুনেছিলাম আপনার কাছে আসলে আপনি সবাইকেই ওই যমুনা প্রসাদের ফিশ ফ্রাই খাইয়ে থাকেন। আমরা স্যার ফিশ ফ্রাই টা বেশ ভাল বুঝতে পারব। বড্ড জ্ঞানী একটু হতাশ হলেন। অবশ্য ফিশ ফ্রাই এর ও ব্যবস্থা হলো।

18th January, 2020

বড্ড জ্ঞানী ঘুমপাড়ানি তাঁর গোমুখ অঞ্চলের আবাসে ফিরে এসে অনেক অসমাপ্ত কাজ গুলো পর পর সাজাচ্ছিলেন। সেসময় প্রত্যুৎপন্নমতিত্বের display monitor এ ভেসে উঠল প্রসন্তহাসাগরের এক ছবি। প্রশান্ত মহাসাগরের সমুদ্রগর্ভে র মধ্যে থাকা জেগে ওঠা কয়েকটা পাহাড়ের মাথা নিয়ে তৈরি ছোট্ট দ্বীপদেশ টোঙ্গা। তার কাছাকাছি আর কোন ভূখণ্ড নেই। আর তার চারিদিকে ঘিরে আছে সমুদ্রের তলায় থাকা অনেক ঘুমিয়ে থাকা আগ্নেয় গিরি। মাঝে মাঝে কখনো কখনো তারা জেগেও ওঠে। তাদের নাম গুলো সব একটু খটমট। ওই টোঙ্গা দ্বীপের মানুষদের ভাষা মত তাদের সব নাম - হুঙ্গা - টোঙ্গা - হুয়াঙ্গা - হাপাই! হঠাৎ সেখানে ওইসব আগ্নেয় গিরি গুলো সমুদ্রের তলায় জেগে উঠে ভয়ঙ্কর অগ্নুৎপাত করতে শুরু করেছে। টঙ্গা দেশের রাজধানীর নাম নুকুয়ালোফা। সেই শহর টা আগ্নেয়গিরির থেকে অগ্নুৎপাতের ছাইতে সম্পূর্ন ঢেকে গ্যাছে। শীতের দেশে বরফ পড়লে যেমন রাস্তাঘাট বাড়ির ছাদ মোটর গাড়ি যেমন বরফ ঢেকে যায়, সে রকম। মানুষ জন অবশ্য মারা যায় নি কেউ। সেখানে এক লাখের ও বেশি মানুষ থাকে। বড্ড জ্ঞানী তাঁর স্বয়ংক্রিয় খেচর এরোপ্লেন কে পাঠালেন ছবি তুলে আনার জন্য।

03rd February, 2022

গজ্স্থানের ঘাড়বেড়িয়া ঘনটারতনের ধমক খেয়ে কিছুটা ঘাবড়ে গেল। তাকে আজ পর্যন্ত কেউ ধমকায় নি। সে ই উল্টে সবাইকে চমকে ধমকে দ্যায়। মনে মনে একটু খুশিও হলো। ছেলেটা বেশ চটপটে আছে বলে মনে হলো আর বুদ্ধি ও রাখে মনে হলো। আর সাহস তো আছেই। নয়ত তাকে

এমন ধমকে দিতে পারে !!!! এই ছেলেটাকে তার কোম্পানির manager করা যায় কিনা মনে মনে সেটা ভাবতে লাগল। ঘাড়বেড়িয়া একটু মোলায়েম করে ঘন্টাকে বলল, ই ঘন্টা বাবু ..... আপনে হামার সত্তু একটু টেস করিয়ে দেখবেন লাকি ? বহুত উমদা চিস। ঘন্টা পেটে হাত বোলাচ্ছিল। উনো পণ্ডিত মোক্ষম চিমটি দিয়েছে। জায়গাটা জ্বালা করছিল, ব্যথা ও হচ্ছিল। তার ওপর অনেকক্ষণ কিছু খাওয়া হয় নি।খিদেও পেয়েছিল। ঘাড়বেড়িয়ার কথা শুনে ঘণ্টার খিদেটা চনমন করে উঠল। কিন্তু সে বাড়িতে পিসিকে বলতে শুনেছে ঘাড়বেড়িয়ার ছাতু একদম বাজে। সে নাকি ছাতুতে ময়দা মেশায়। ব্যাটা হাড় বজ্জাত। ঘন্টা অন্য দিকে তাকিয়ে উদাস ভাবে এই কথাটা তাকে বলেই দিল। তাতে ঘাড়বেড়িয়ার একটুও লজ্জা তো হলোই না উল্টে হলদে হলদে দাঁত বার করে খ্যা খ্যা করে হাসতে লাগলো। আর বলল ই টা হামার লোতুন আবিষ্কার আছে। খিদে পাবে, সতু খাবে, কাঁচা ময়দা খেলে পেট খারাপ হবে, অনেক দস্ত হবে, অবার খিদে পাবে .... আবার সাত্তু খাবে ..... এ রকম বার বার চলবে ..... হামার বিক্রি বাড়বে। লেকিন হামি আপনাকে আসলি মাল দিব। আপনাকে হামার বেওসার মানিজার করিয়ে লিব।

ঘন্টা ছাতু খেতে খেতে ঘাড়বেড়িয়ার দুঃখের কথা শুনছিল। তার ছেলেটার একদম বুদ্ধি শুদ্ধি নেই। সে বাবার বেওসা না করে নিজের ধান্দা করছে। আর তার মা তাকে মদত দিচ্ছে। ছেলেটা একবার ময়দান মাঠে গিয়ে কয়েকজন বাঙ্গালী বাবুর কথা শুনে তাজ্জব হয়ে গিয়ে বাড়ি এসে বাপকে জানিয়ে দিয়েছিল সে নিজের কাম ধান্দা করবে। সে বলেছে বাঙালি বাবুরা নিজেদের মধ্যে বলছিল যে কলকাতায়

আকাশে পয়সা উড়ছে। শুধু জাল ফেলে তুলে নিলেই হলো। তারপর থেকে সে একটা মছলি ধরার জাল কিনে নিয়ে ফাঁকা জায়গায় গিয়ে আসমানে জল ছুড়ে টাকা ধরবার ফন্দি করে চলেছে। আখুনো কিছু পায় নি, কিন্তু তার ছেলের পুরো বিস ওয়াস সে অনেক টাকা ধরবে। বাঙ্গালী বাবুদের অনেক বুদ্ধি। তাদের কথা ভুল হবার নয়।

4th February, 2022

ঘাড়বেডিয়া ঘটোৎকার এর পুরো নাম হুরুৎকার ঘড়বেরিয়া ঘটোৎকর। অবার কখনো নিজের নাম বলে ভুঁড়ুটবাবু ফুরুৎকর। অবশ্য অনেকে তাকে হুরুতবাবু ফুরুৎকার ও বলে। যখন যেখানে যেমন দরকার সেই মত নিজের নাম বলে দেয়। তার বাড়ি গজোস্থনের এক গ্রামে। সেখান থেকে এই এখানে চলে এসেছে বেওসা করবে বলে । তা তার বেওসা ভালই চলছে। শুধু একজন চটপটে ভাল মানীজার পেলে ভাল হয়। এখন ঘনটারতন কে পেয়ে তার মনে ধরে গেল। আর ঘন্টা ও মনিজার হতে রাজি হয়ে গেল। তবে ঘন্টা বলল সে মানিজার হতে রাজি বটে কিন্তু নতুন পোশাক কিনতে হবে। তার প্যান্টের পোস্ট অফিসের বোতাম ছিড়ে গেছে। জামাটার ও অবস্থা ভাল নয়। এসব পরে মানিজারি করা যায় না। তার নতুন পোশাক চাই একদম মানিজারের মতন।

ঘন্টা দোকানের কাঁচের পাল্লার ভেতর দেখেছে তারই মত একটা ছেলে , মাটির তৈরি, ঘন নীল রঙের ফুল প্যান্ট আর কোট পরে দাঁড়িয়ে আছে। তার সেরকম পোশাক

দরকার। তবেই না মানাবে মানিজার বলে। হুরুৎকাড় রাজি হয়ে গেল। ঘন্টাও কাজে লেগে গেল।

05th February, 2022

বড্ড জ্ঞানী ঘুমপাড়ানি বহু বছর ধরেই লক্ষ্য করছিলেন যে এই গ্রহের মনুষ্য নাম ধারী প্রাণী গুলো এই গ্রহের আসল বিপদ আর সমস্যার ব্যাপারে একেবারেই উদাসীন। এক তো চারিদিকে বিশাল রকমের সব দাবানল বড় বড় বনাঞ্চল গুলো ধ্বংস করতে করতে গ্রাম আর শহর গুলোকেও গ্রাস করতে শুরু করেছে। আর একটা হলো ফসিল fuel জ্বালাতে জ্বালাতে বায়ুমণ্ডলের চারিপাশে এত বিষাক্ত গ্যাস আর ধোঁয়ার বলয় সৃষ্টি করেছে যে তা পৃথিবীকে মোটা আবরণে ঘিরে ফেলেছে। এই দুটো ব্যাপারই মানুষ নামক জানোয়ার গুলো বুঝেও নির্বিকার। এসবের জন্য এই গ্রহের কোনোখানে দাউ দাউ করে আগুন জ্বলতে শুরু করছে বনাঞ্চলে অবার কোথাও বা অতি প্রবল বৃষ্টিতে পাহাড় ধ্বসে পড়ছে, জলোচ্ছ্বাস হচ্ছে, বন্যা হচ্ছে এমন সব জায়গায় যে তার ধারে পাশে কোন নদী ই নেই।

এসব সমস্যার সমাধান না করে মানুষ গুলো চট জলদি কয়েকটা ক্যাম্প বা ওই রকম কিছু একটা করে নিচ্ছে। আবার ঘটা করে সে সবের নামও কিছু একটা দিয়ে দিচ্ছে, যেমন Camp for better hope অথবা camp of full hope এরকম কিছু। সেখানে ঘর হারানো গাদা গাদা মানুষের ভিড়।

এই যে দেশলাই বাক্সের মত ছোট ছোট গাড়ি গুলো চালায় সেগুলো র প্রায় 100% ওই ফসিল fuel পুড়িয়ে energy তৈরি করে সেই energy mechanical energy তে convert

করে গাড়ি গুলো চালায়। অবশ্য আজকাল storage electricity বা battery দিয়েও চালাতে শুরু করেছে। তবে তার ব্যাপক ব্যবহারে নানা রকম অসুবিধাও আছে। যেমন সেই battery গুলো মাঝে মাঝেই re-charge করা দরকার, অথবা তার বদলে মাঝে মাঝে কোন station এ এসে বদল করে নিয়ে অন্য battery লাগিয়ে চালাতে হয়। আরে বাপু, এসব না করে চারিপাশে বায়ু মণ্ডলে যে অহরহ অজস্র free energy অফুরান ছুটাছুটি করছে সে গুলো ধরে নিয়ে ব্যাটারিতে ভরে নিলেই তো হয়। তা করবে না। Environmental Eco System কে কাজেই লাগাতে পারছে না।

আজকাল অবার Zeon Technology নিয়ে খুব মাতামাতি শুরু হয়েছে।

এ সব কিছুই না। অঙ্কের হিসেবে numerical value of Zeon in Chaldean Numerology : 2, অবার, in Pythagorean Numerology : 2

Cryptocurrency ব্যাপার স্যাপার নিয়ে যারা মাতামাতি করে তাদের কাছে Zeon ওই Cryptocurrency নির্ভর একটা বিষয় বটে। এটা একটা decentralised net work, আর এদের উদ্দেশ্য পরবর্তী প্রজন্মের যন্ত্রপাতি গুলোকে ভবিষ্যত কালের যুগের উপযোগী digital ecosystem এর ক্ষমতাবান করা।

এই যে এরা নাম দিয়েছে Zeon এর মানে হলো এর কোনো লিঙ্গ বৈষম্য নেই এমন একটা পরিচয়, যেমন কিনা

আকাশ, বাতাস, ঢেউ, শব্দ, গন্ধ, স্পর্শ, এরকম, অথবা, অতিথি কিংবা হোস্ট।

কিছু পয়সাওয়ালা মানুষেরা এটা নিয়ে খুব হইচই করছে। ব্যাপার টা আর কিছুই না, Zeon আসলে একটা software platform , এই টেকনোলজি কাজে লাগিয়ে automated ইঞ্জিনিয়ারিং industry কে আর ও সহজে কাজে লাগান যাবে। উৎপাদন ও সহজে বৃদ্ধি করা যাবে। কিন্তু তাতে হলো টা কি ! বড্ড জ্ঞানীর হাসি পায় এদের বালখিল্যতা দেখে, এই যে মহাবিশ্বের মহাকাশে বড্ড জ্ঞানী যখন সব গ্রহ তারা নক্ষত্র ছায়াপথ কাল গহ্বর ইত্যাদি set করছিলেন এসব করার সময় এমন সব অনেক কিছু টেকনোলজি ই প্রয়োগ করতে হয়েছিল।

কিন্তু মানুষগুলো যে এই মহাকাশে স্বচ্ছন্দে ঘুরে বেড়ান energy গুলোকে ধরতে পারছে না এটা তাদের নির্বুদ্ধিতা। আজকাল অনেক দেশের Nonconventional energy production এর দিকে নজর পড়েছে তবে তা নেহাতই শৈশব অবস্থায়। আকাশের মেঘের মধ্যে যে অফুরান বিদ্যুৎ কনা খেলে বেড়াচ্ছে তা ধরতেই পারছে না। সূর্যের রশ্মির বিচ্ছুরণ থেকে অবশ্য সামান্য বিদ্যুৎ উৎপাদন করছে বটে তবে তা নেহাতই অপ্রতুল, আর প্রচুর প্রচুর জায়গা জমি দরকার , অবার দিন ফুরিয়ে রাত নামলেই কিংবা আকাশে মেঘের ঘনঘটা হলেই তার কম্ম শেষ। এ সব ভাবতে ভাবতে বড্ড জ্ঞানী ঘুম পাড়ানি নিজের তৈরি মনোহর সূরা সুধা সরবত সরতবত প্রাচীন একটা পাহাড়ি শিলায় তৈরি পাত্রে ঢেলে পান করতে লাগলেন । মানুষ যেমন চা পান করে সেই পরিমাণের এক চতুর্থাংশ পরিমাণ। তিনি বলে সেটা সহ্য করে নিতে

পারেন আর সামান্য একটু ফুরফুরে মেজাজ হয়। তিনি ছাড়া আর কেউ এর এক ফোঁটাও সহ্য করতে পারবে না। তাই এটা তিনি কাউকে দেন না। বেদম পাজি প্রত্যুৎপন্ন মতুত্ব খি খি করে হাসতে লাগল। দিন দিন বেপরোয়া হয়ে উঠছে সে। তার ফাজি লজিক এত বেড়ে গেছে যে সে আর কারো দেওয়া বুদ্ধি নিয়ে কাজ করে না। নিজের বুদ্ধি তেই চলছে। বড্ড জ্ঞানী ওর পাওয়ার প্লাগ আর UPS দুটো খুলে দিলেন।

28th February, 2022

পৃথিবী ধ্বংস হবে এমন সম্ভাবনায় বহু বহু মানুষ আতঙ্কে আর বিহবলতায় মুহ্যমান হয়ে পড়ে। এই সংকট কাটিয়ে ওঠার জন্য এক এক জন এক এক রকম কান্ড করতে থাকে। কেউ শঙ্খ ধ্বনি করতে থাকে, কেউ হুলু ধ্বনি করে, কেউ দই এর হাঁড়িতে হাত ডুবিয়ে বসে থাকে, কেউ বা প্রবল বেগে মন্ত্র উচ্চারণ করে পৃথিবীকে বাঁচাবার চেষ্টা করে। আরো কতসব কান্ডকারখানা ই না মানুষ করতে থাকে। আর খবরের কাগজ গুলোতেও হামেশাই সংবাদের নামে গুজব ছড়াতে থাকে এই অমুক দিন অমুক সময় পৃথিবী অমুক কারণের জন্য ধ্বংস হতে চলেছে। পারেও বটে গোমুখ্যু মানুষ গুলো গুজবে মেতে উঠতে। যা হোক ধরেই নেওয়া যেতে পারে এক দিন না একদিন পৃথিবী ধ্বংস হবে। তা সে যে কোন কারনেই হোক না কেন।

কিছু মানুষ খুব লেখাপড়া শিখে বেশ কয়েকটা ভাল ভাল জিনিস বুঝতে শিখেছে। এটা এখন সবাই মোটামুটি বুঝে গ্যাছে যে সব কিছুই পরমাণু দিয়ে তৈরি। দারুন একটা বিষ্ময়কর ব্যাপার হলো যে এই পরমাণু গুলো যদি সামান্য ও

নিজেদের থেকে দূরে থাকে তবে একজন আর এক জনকে আকর্ষণ করতে থাকে। আবার আশ্চর্যের ব্যাপার হলো তারা আবার একজন অপর জনকে চেপে ঠেসে ধরবে সেটাও পছন্দ করে না। এই সব ব্যাপার স্যাপার গুলো নিয়ে একদল গবেষক Fushion এর ওপর খুব অঙ্ক কষে চলেছে। ব্যাপারটা আর কিছুই নয়, এটা এমন একটা কান্ড যা নাকি প্রতি মুহূর্তের অনায়াস ঘটনা, যা সব ঘটে চলছে যা কিনা বলা যায় অনেক গুলো পরমাণু জুড়ে একটা বেশ ভারী পরমাণু সৃষ্টি হয়। অবশ্য সব পরমাণু সব পরমাণুর সাথে মেলা মেশা পছন্দ করে না, যা হোক, যারা পরস্পর এর সাথে মিশতে পারে এমন চারটে হাইড্রোজেন পরমাণু নিজেদের মধ্যে বন্ড তৈরি করে একটা হিলিয়াম পরমাণু হয়ে যায়। অবশ্য এটা করতে গিয়ে ওই হাইড্রোজেন পরমাণু গুলো নিজেদের ওজন কিছুটা হারিয়ে ফেলে। আর এই যে খানিকটা ঝরে গেল এই টা দিয়েই প্রকাণ্ড এবং প্রচণ্ড Energy তৈরি হয়। আইনস্টাইন মশাই এ ব্যাপারে অনেক জটিল সব অঙ্ক করে বুঝিয়ে দিয়ে গ্যাছেন।

বিশ্ব মহাকাশে যে বিশাল বিশাল নক্ষত্র রা বিদ্যমান তাদের অন্তঃস্থলে এই Fushion কান্ড অহরহ ঘটে চলেছে। আমাদের সূর্য ও একটা ছোটখাট নক্ষত্র ই বটে। সূর্য হল অনেক সব আদিত্য দের মধ্যে একজন আদিত্য। আর তার ভেতরেও এই বিপুল Fushion কান্ড অহরহ হয়েই চলেছে। কিন্তু একই সঙ্গে একই মুহূর্তে দুটো বিপরীত কান্ড সারাক্ষণ হয়ে চলেছে। তা হলো, একেবারেই উল্টো কান্ড, এক তো হচ্ছে এই সব নক্ষত্রের ভেতর পরমাণু গুলো একে অন্যকে প্রচণ্ড আকর্ষণ করছে, ফলে তারা একে অন্যের কাছে চলে আসার চেষ্টা করছে অবার নক্ষত্রের ভেতর যে প্রকাণ্ড আর

প্রচণ্ড আগুন জ্বলছে তাতে তারা অবার ফুলে ফেঁপে বাইরে বেরিয়ে যাওয়ার চাপ তৈরি করছে আর তা তে নক্ষত্র আর ও ফুলে বড় হবার উপক্রম হচ্ছে। আবার যেই পরমাণু গুলো একে অপরের থেকে দূরে চলে যাবার চেষ্টা করছে সঙ্গে সঙ্গে তারা পরস্পর পরস্পরকে আকর্ষণ করতে থাকছে। সারাক্ষণ এই কান্ড হয়ে চলেছে। এই হল প্রচণ্ড শক্তির বিস্ফোরণের মূল কথা। পৃথিবীতে প্রথম পরমাণু বোমা তৈরির পেছনে অন্যতম বৈজ্ঞানিক রতব্লট এ নিয়ে অনেক অঙ্ক কষে দেখিয়েছিলেন যে এমনটা খুব ছোট আকারে করা সম্ভব। আর তারপর অনেক জন বৈজ্ঞানিক একসাথে কাজ করে এই সাংঘাতিক ব্যাপারটা বানিয়ে ফেলেছিল। মানুষেরা এই কান্ডটাই খুব ছোট আকারে করে হাইড্রোজেন বোমা বানিয়েছে, আর তা পৃথিবীর অল্প জায়গায় প্রয়োগ করলে মারাত্মক বিস্ফোরণ হয়ে সব কিছু লন্ড ভন্ড হয়ে যায়। এ সবই ওই Fushion ক্রিয়া ঘটিয়েই করা হয়। কিন্তু তা হলে নক্ষত্র লন্ড ভন্ড হয়ে যাচ্ছে না কেন !!!! কারণ এই Fushion কান্ড নক্ষত্রের ভেতর হয়ে থাকে অতি ধীর গতিতে, তিলে তিলে। কিন্তু হাইড্রোজেন বোমার ক্ষেত্রে হয় এক মুহূর্তের ও কম সময়ে। তাই তার ব্যাপকতা এত বিশাল। তবে আটম বোমা হাইড্রোজেন বোমার থেকে সামান্য কম বিধ্বংসী। আর অ্যাটম বোমায় যে পদ্ধতিটা ব্যবহার হয় সেটা কে বলে Fishon , আর এই Fishon করেই Ureniun বা Plutonium পরমাণুকে ভাঙ্গা হয়। Fishon করে যখন Urenium বা Plutonium কে ভাঙ্গা হয় তখন অতি সামান্য বা নগন্য পরিমাণ পদার্থ হারিয়ে যায়। আইনস্টাইন মশাই বলেছেন যে ওই হারিয়ে যাওয়া ব্যাপারটাই ওই বিপুল বিধ্বংসী Energy হিসেবে দেখা দেয়।

বড্ড জ্ঞানী ঘুমপাড়ানি এটা লক্ষ্য করে দেখেছেন যে মানুষেরা এটাও শিখেছে যে Fishon কান্ড ঘটালে প্রচুর Radioactive কণা বাতাসে ছড়িয়ে পড়ে। কিন্তু Fushion করার সময় এই Radioactive মোটে তৈরি হয় না আর সে জন্য তা বাতাসে ছড়ায় ও না। বড্ড জ্ঞানী কৌতুক ভরে লক্ষ্য করে চলেছেন যে পৃথিবীতে মানুষদের মধ্যে বড় বড় বিজ্ঞানীরা "Clean Energy" তৈরি করার জন্য এই Fushion পদ্ধতিটা কাজে লাগাবার চেষ্টা করে চলেছে, কিন্তু পেরে উঠছে না। তাই তিনি ঠিক করেছেন এবার লম্বা টেকো কে ভালো করে তালিম দিয়ে একটা বিজ্ঞান সম্মেলনে পাঠাবেন যাতে ব্যাপারটা একটু সরল করে বুঝিয়ে দিতে পারা যায়। কারণটা হলো নক্ষত্রের ভেতর যে বিপুল পদার্থ রয়েছে আর যে বিপুল আগুন রয়েছে যা অহরহ Fushion করিয়ে চলেছে তা পৃথিবীর laboratory তে করা সম্ভব নয়। যেমন Test Tube এর ভেতর জগৎ তৈরি করা সম্ভব নয়, তেমনই পৃথিবীর Laboratory তে Fushion করাও বৈজ্ঞানিক দের বর্তমান জ্ঞান দিয়ে করা যাবে না। তার জন্য বড্ড জ্ঞানী ঘুমপাড়ানি কে সাহায্য করতেই হবে।

এই সব চেষ্টা চরিত্রের মধ্যেই হঠাৎ করে দু জন বৈজ্ঞানিক ঘোলা জলে মাছ ধরতে গিয়ে ল্যাজে গোবরে হয়ে নাকানি চোবানি হয়ে একাককার। 1989সালে আমেরিকার ইউটা ইউনিভার্সিটির প্রফেসর Boby Stanley Pons আর England এর Sadampton ইউনিভার্সিটি র প্রফেসর Martin Fleshman দাবি করে বসেন যে তাঁরা নাকি test tube এর মধ্যে Fushion এর সন্ধান পেয়েছেন। তা করতে নক্ষত্রের চাপ আর তাপের ব্যাপার ও মোটেই দরকার নেই। সাধারণ

উষ্ণতা তেই তাঁরা এটা করে ফেলেছেন। আর তার নামও দেওয়া হয় গেল, Cold Fushion !!!! আর তাঁরা সেটা জাহির করার জন্য এতই উদগ্রীব হয়ে উঠলেন যে কোন রকম জার্নাল এ না দিয়ে সরাসরি সাংবাদিক বৈঠক করে বসলেন। পরে দেখা গেল ব্যাপারটা পুরোটাই মিথ্যা।

তবে সত্যি বলতে কি, এই ব্যাপারে কিছু কিছু কাজ ও হচ্ছে। যেমন ইংল্যান্ড এর JET laboratory বেশ ভাল কাজ করছে। তারা জানিয়েছে তাদের অগ্রগতির কথা। এও জানিয়েছে যে নক্ষত্রের ভেতর যে পরিমাণ চাপ আর তাপ পাওয়া যায় তা laboratory তে তৈরি করতে যে energy খরচ করতে হয় তাতে Fushion করে যে এনার্জি পাওয়া যায় তা সামান্যই। বলা যেতে পারে, ratio মাত্র 00.33, মানে energy খরচ যদি 100 হয় তা হলে উৎপাদন মোটে 00.33

তাই বা মন্দ কি !!!!

(27th February, 2022 আনন্দবাজার পত্রিকায় সম্পাদকীয়তেও এ বিষয়ে কিছু আলোচনা করা হয়েছে।) ।

10th March, 2022

বড্ড জ্ঞানী ঘুম পাড়ানি র মাঝে মাঝে মনে হয় তিনি বড় একা। এই যে সারা বিশ্ব ব্রম্ভান্ড তিনি সৃষ্টি করেছেন, সব গ্রহ নক্ষত্র দের সঠিক পথে বসিয়ে তাদের পরিক্রমা পথ নির্দেশ করে দিয়েছেন, পৃথিবী নামক গ্রহে কিছু প্রাণ ও সৃষ্টি করে দিয়েছেন, এইসব ব্যাপারে কিছু যে গল্প করবেন তা কেউ তাঁর কোন বন্ধু নেই। বড়ই একা। আজ একটু ফুরসৎ পেয়ে তাঁর তৈরি সুমধুর সূরা সুধা সরতবত কয়েক ফোঁটা

নিয়ে বসেছেন, সঙ্গে চাট হিসেবে এক গুচ্ছ diabolic grass নিয়ে সাজিয়ে বসেছেন। আজ তাঁর ছবি আঁকার সাধ হয়েছে। এই গত কালকেই বিশ্ব ব্রহ্মাণ্ডের বিশ্ব মহাকাশের দিকে তাকিয়ে তাঁর খেয়াল হলো যেন একটু জায়গা খালি পড়ে আছে। তখন থেকেই তাঁর মাথায় ঘুরছে ওই জায়গাটায় কিছু একটা করে দিতে হবে। তাঁর তৈরি বিশ্ব মহাকাশ নামে বাগানটা যেন একটু খাপছাড়া হয়ে রয়েছে। তিনি এখন তাঁর নিজের তৈরি labuspikas তন্তু দিয়ে তৈরি ছবি আঁকার তুলি গুলো অবার সাজিয়ে বসলেন। সুমধুর সূরা সুধা সরতবত একটু খানি জিভে চেটে আর কয়েক গুচ্ছ diabolic grass চিবিয়ে Labuspikas তন্তু তুলি মহাকাশের একদিকের Nebula রঙের পাত্রে তুলি ডুবিয়ে বিশ্ব মহাকাশের ক্যানভাসের খালি জায়গাটায় চোখ রেখে ঝপাঝপ কয়েকটা আঁচড় বুলিয়ে দিলেন। সেখানে মুহূর্তের মধ্যে আর একটা Nebula তৈরি হয়ে গেল আর সাথে সাথে অজস্র নক্ষত্র তারারা আপনা হতে ফুটে উঠতে শুরু করল। বড্ড জ্ঞানী সুমধুর সূরা সুধা আর একটু চেটে আর অবার কয়েক গুচ্ছ diabolic grass চিবোতে চিবোতে হা হা করে অট্ট হাস্য করে উঠলেন। নতুন একটা Nebula তৈরি হয়ে গেল। নক্ষত্র তারারা প্রচণ্ড ঘূর্ণাবর্তে র আবর্তে ঘুরতে ঘুরতে নতুন প্রাণের স্পন্দনে উচ্ছ্বসিত আনন্দে বড্ড জ্ঞানীকে প্রণাম করে অনুরোধ করতে লাগল তাদের জন্য ও যেন পরিক্রমা পথ ঠিক করে দেন বড্ড জ্ঞানী। আজ বড্ড জ্ঞানীর বড় স্ফূর্তি দিন।

তুমুল নৃত্যে

অট্ট হাস্যে

এলোমেলো

পদে

বিচরিতে

তিনি

লাগিল।

এক এক পদক্ষেপ এক এক জগতে রাখতে লাগলেন তিনি। Nebula হতে Nebula ...... কখন বা Milky Way ..... কখনো বা Black Hole e পদক্ষেপ করতে লাগলেন।

180 ডিগ্রী নর্থ, ... Orion nebula ...... তীব্র আলোর ঝলকানি .... রশ্মি গুলো বিমে র মত উজ্জ্বল রূপালী রঙে , তীব্র বেগুনি রঙে, অতি গাঢ় কমলা রঙে ...... আরও কত সব নাম জানা না জানা রঙের সমাহার করতে করতে বড্ড জ্ঞানীর শরীরের মধ্যে প্রবেশ করে মিলিয়ে যেতে লাগল।

Horse Head Nebula থেকে অতি তীব্র নীলাভ বিদ্যুতের ছোবল বড্ড জ্ঞানীকে অস্টেপৃষ্টে ছোবল মারতে মারতে তাদের সৃষ্টি কর্তাকে শ্রদ্ধা জানাতে লাগল। বড্ড জ্ঞানীর তুমুল অট্ট হাসি সৃষ্টি স্থিতি প্রলয় কাণ্ডে ঘোর কম্প শুরু হল। সেই প্রলয় নৃত্যের মাঝে দু হাতের আঙ্গুলের মাঝে ধরা Labuspikas তন্তু তুলি র টানে নতুন সৃষ্টি Nebula তে যে সব নক্ষত্র তারা রা জন্মেছে বা ভবিষ্যতেও জন্মাবে তাদের কক্ষ পথ নির্দিষ্ট করে দিতে লাগলেন।

একদিন , সে কয়েক শত বছর আগে, বড্ড জ্ঞানী আকাশ পথে পরিক্রমা করছিলেন, সে সময় পৃথ্বীর ফরাসি

দেশের ওপর দিয়ে যাবার সময় দেখলেন একজন পাগল প্রায় হয়ে রাতের অন্ধকারে আকাশের দিকে নিবিষ্ট হয়ে কি দেখছেন আর পাশে রাখা খাতায় আঁকি বুঁকি কাটছেন। চট করে মনুষ্য রূপ ধরে তার পাশে নেবে এসে তাকে জিজ্ঞেস করলেন - কি করহ মনুষ্য কান্তি ! ক স্তম ! সে তখন তার নাম বলল, moi en francaismoi Charles Messier ! তখন বড্ড জ্ঞানী তাকে এই সব Nebula সম্বন্ধে কিছু কিছু ব্যাপার বুঝিয়ে দিয়ে অন্তর্ধান করেছিলেন।

15th March, 2022

ঘন্টারতন নীল রঙের স্যুট পরে বুট জুতো পরে পুরোপুরি মানিজার বনে গেল। ঘাড়বেড়িয়া ঘটোতকর প্রথমেই ঘনটারতন কে তার ছেলের সাথে লাগিয়ে দিল। ছেলে সকাল সকাল বিছানা ছেড়ে উঠে মাছ ধরা জাল নিয়ে ময়দানে গিয়ে উড়ে বেড়ান টাকা ধরতে যায়, টাকা কোনদিন ঘরে আনতে পারে নি, দুদিন একটা করে কাক ধরেছিল, তাতে ময়দানের বাকি কয়েক হাজার কাক তাকে ঠুকরে ঘাড় মুন্ডু ফুটো করে দিয়েছিল। তা ছেলে আর তার মা দুজনে জোর দিয়ে বলে দিয়েছে ও রকম প্রথম দিকে ঘাবড়ালে চলবে না। একবার যখন উড়ন্ত টাকা ধরতে শুরু করবে তখন আর ঘরে রাখার জায়গা হবে না, তাই ঘাড়বাড়িয়া যেন এখন থেকেই বড় বড় গুদামের ব্যবস্থা করে রাখে।

পান্তা আর মাছের টক খাওয়া ঘন্টা বুঝল প্ল্যান টা ভালই কিন্তু এ ভাবে টাকা ধরা যাবে না। তার কাছে খবর ছিল কালীঘাটের কালীদাস পাতিতুন্ডি লেন এ একজন মস্ত বড় মানুষ থাকে, তার কাছ হতে বুদ্ধি নিতে হবে। ঘন্টা রতন বড্ড

জ্ঞানীর কাছে চলল। সেখানে গিয়ে কি জানি কি করে বড্ড জ্ঞানীর দেখাও পেয়ে গেল। মানিজার বলে কথা। কত রকম বুদ্ধি রাখতে হয় মাথায়।

বড্ড জ্ঞানী ঘুমপাড়ানি তখন নিজের বানান সূরা মধু সরতবত চেটে আর Milky way থেকে আনা tryglyceride palpelika habastika দিয়ে তৈরি বটুয়া থেকে diabolic grass চিবিয়ে একটু বিশ্রাম নিচ্ছিলেন। ঘন্টা রতন সেখানে উপস্থিত হয়ে তাঁকে সব কিছু খুলে বলল। বড্ড জ্ঞানী তাঁর একটা চক্ষু নিচের দিকে তাকিয়ে অর্ধ নিমীলিত করে আর একটা চক্ষু উর্ধ আকাশের দিকে তুলে কিচির মিচির করে হেসে বললেন এ আর এমন শক্ত কথা কি ! শুধু ঘন্টা কে তাঁর সঙ্গে তাঁর হিমালয়ের ল্যাবরেটরিতে গিয়ে কয়েকটা দিন কাটাতে হবে। ঘন্টা রাজি হয়ে গেল সে ঘটোৎকারের কাছে গিয়ে জানাল কাঁড়ি কাঁড়ি রুপেয়া আসার ব্যবস্থা হয়েই গ্যাছে। এখন ঘটৎকার যেন গুদামের ব্যবস্থা করে ফেলে। আর এই কাজ হাসিল করার জন্য সে tour programme বানিয়ে ঘটৎকর এর কাছে submit করে TA আর DA বাবদ অ্যাডভান্স দাবি করল। এ সব শুনে ঘাড়বেড়িয়া ঘাবড়ে গেল। সে খুবই খুঁত খুঁত করতে লাগল। সে বলল তার ঘরে যা টাকা পয়সা ঢোকে ত কখনো ও আর কোনোদিন বাইরে যায় না। ঘন্টা কে দুটো ছাতা দিয়ে বলল এই দিয়ে চালিয়ে নাও। ঘন্টা ছাতা দুটো হাতে নিয়ে ঘটোৎকর কে প্রবল পেটাতে লাগল। ঘটোৎকার বাবুজি - মাইয়া রে বাঙালি বাবু টির গোড় লাগি , মাফ কিয়া যায় বলে কোন রকমে ঘনটাকে শান্ত করে বলল তব কেয়া কিয়া যায় !

ঘন্টা বুঝল ওর কাছ হতে পয়সা বার করা অসম্ভব। তখন সে নতুন প্রস্তাব দিল। এই ব্যবসায় যা লাভ হবে তা আধাআধি ভাগ হবে তার ছেলে আর ঘণ্টার মধ্যে। ঘটোৎকর একটু খুঁত খুঁত করে রাজি হয়ে গেল। ঘন্টা চলল বড্ড জ্ঞানীর কাছে। বড্ড জ্ঞানী তাকে নিয়ে হিমালয়ে চললেন।

হিমালয়ের গহন কন্দরে তিনি তাকে বোঝালেন যে ইঙ্গু দেশের রাজা এই হিঙ্গু দেশ জয় করে দখল করে নিল তখন দেশ চালাবার জন্য কাঁড়ি কাঁড়ি টাকা ছাপান হলো। সে সব টাকায় সব ঈঙ্গু দেশের রাজা রানীদের ছবি ছাপা থাকত। সেই সব টাকা রাজস্ব ব্যাংকের মাটির তলায় ঘরে বস্তা বন্দী করে রাখা আছে। সেখান থেকে টাকা উদ্ধার করা যেতে পারে। তার জন্য তিনি বললেন অন্তত দশটা পাহাড়ি ইঁদুর দরকার। তাদের ট্রেনিং দিয়ে কাজ হাসিল করা যেতে পারে। তখন সেই সব পাহাড়ি ইঁদুরদের মাথায় টুপি পরিয়ে electric shock দিয়ে তাদের mesmerise করে কাজ করানোর ট্রেনিং শুরু হলো।

মনুষ্য নামধারী প্রাণীরা একটা জিনিষ বুঝতে শিখেছে যে বিদ্যুৎ প্রবাহের তারতম্যের জন্য প্রাণীরা কম বেশি ঘায়েল হয়। যেমন যে সামান্য electric shock এ একজন মানুষ মরে যাবে তা হয়ত একটা হাতিকে ঘায়েল করলেও মারতে হয়ত পারবে না। হাতির জন্য আর ও বেশি বিদ্যুৎ প্রবাহ চাই তাকে মারতে। একজন মহা পণ্ডিত মানুষ ছিলেন Ohm, মহা পণ্ডিত ওহম অনেক সব সূত্র রেখে গেছেন। তার একটা হলো, V = IR , তার ফলে বলা যায় I= V/R, তা হলে 5V/7000 ohm = 0.0007A অথবা 0.7mA, এত কম electric প্রবাহে মানুষের কোন ক্ষতি তো হয়ই না এমন কি হয়ত বুঝতেই

পারে না। কিন্তু এই প্রবাহ ই হয়ত একটা ইঁদুর কে মেরে ফেলতে পারে। তাই বড্ড জ্ঞানী ইঁদুরদের মাথায় shock দেবার জন্য 0.00007A তড়িৎ প্রবাহ তৈরি করলেন যাতে সেগুলো মরে না গিয়ে আচ্ছন্ন হয়ে পড়ে নির্দেশ অনুযায়ী কাজ করতে পারে। চলতে লাগল সেই গবেষণা।

বড্ড জ্ঞানী ঘুমপাড়ানি এক দারুন জটিল কিন্তু কার্যকরী ফর্মুলা কাজে লাগিয়ে পাহাড়ি ইঁদুর - ঘন্টা রতন - আর প্রত্যুৎপন্নমতিত্ব এই তিন জনের মধ্যে সমন্বয় ঘটিয়ে অতি নিখুঁত কাজ করিয়ে নিতে লাগলেন। এই কম্পিউটার সফটওয়্যার প্রোগ্রাম টার নাম দিলেন তিনি IDAMS , integers divided then added after multiplying and substructing, দারুন কাজ করতে লাগল প্রোগ্রাম টা। সেই প্রোগ্রাম তার সাথে অবার GPS system আর Artificial Intelligence ও জুড়ে দিলেন। আর পপ্রত্যুৎপন্নমতিত্ব ও দারুন উৎসাহে কোন রকম ঝামেলা না করে সহযোগিতা করতে লাগল কারণ এই IDAMS সফটওয়্যার টা তার জানা নেই, এটাকে সে ভাল করে বুঝে নিতে চায়।

19th March, 2022

বড্ড জ্ঞানী ঘুমপাড়ানি র সবথেকে পছন্দের সময় পৃথিবীর যখন গভীর রাত, আর সেটা যদি এই প্রত্যন্ত গো মুখ অঞ্চলের তাঁর নির্জন গবেষণাগারের আদিগন্ত খোলা উঠোনে হয়। বড্ড জ্ঞানী তাঁর গুহা অভ্যন্তরের বিশ্রাম কেদারায় নিজেকে প্রলম্বিত করে নিজের প্রস্তুত সুমধুর সূরা সুধা সরতবত তৎসহ মিল্কিওয়ে থেকে আনা diabolic grass আস্বাদন করছিলেন। কেদারা টা এক অতি বিশাল কৃষ্ণ -

শীলা - প্রস্তর খন্ড। সে এক বিশাল সমতল পাথরের টুকরো, অবার তার একটা দিক আরাম কেদারার মত উঁচু , সেখানে বড্ড জ্ঞানী পিঠ রেখে তাঁরই নিজের সৃষ্টি অনন্ত মহাকাশের দিকে তাকিয়ে থাকেন।

এবার তিনি বেরিয়ে এলেন উন্মুক্ত পার্বত্য প্রান্তরে। তিনি পৃথিবীর উত্তর দিক যে দিকটায় হয় সেদিকে মুখ করে দাঁড়ালেন। ঘোর অমাবস্যার রাত এটা। মধ্য রাত, আকাশে চন্দ্র অবলুপ্ত। নক্ষত্র আর তারারা মায়াময় মনোমুগ্ধকর কেউ মৃদু, কেউ বা অতি উজ্জ্বল প্রভা ছড়িয়ে রেখেছে আকাশে। অবার কারো থেকে উজ্জ্বল রুপোলি অথবা নীলাভ অবিরাম আলোক ধারা বন্যার মত ছড়িয়ে পড়ছে। বড্ড জ্ঞানী মৃদু হাসলেন।এসবই তাঁর নিজের সৃষ্টি। নক্ষত্র আর তারারা তাদের সৃষ্টি কর্তা কে দেখতে পেয়ে আরো উজ্জ্বল হয়ে উঠে প্রণাম জানাচ্ছে। বড্ড জ্ঞানীর সন্মুখে অতি উজ্জ্বল শিবলিঙ্ আর ভাগীরথী পর্বত শৃঙ্গ গুলি, তার কয়েকটা মৃদু খোঁচা খোঁচা খাঁজ, তার গায়ে অনন্ত প্রসারী অতি ঢালু বরফ নদী বা glacier , সর্বাঙ্গ থেকে আলো পিছলে পড়ছে। তার পূর্বে ভাগীরথী (১) , সামান্য উত্তরে ভাগিরথী (৩), সামান্য দক্ষিণ পূর্বে ভাগীরথী (২) ।

তাদের গায়ে বড় বড় বরফ নদীর ঢাল। আলোর বন্যায় ভেসে যাচ্ছে।

এই আবাসের লাগোয়া একটা ঝর্না যেন গলন্ত রূপো নিয়ে উচ্ছলিত, উচ্চকিত, উত্তোলিত রঙ্গে নৃত্যে বিভোর হয়ে অপরূপ সঙ্গীতের মূর্ছনা জাগিয়ে এখান হতে প্রায় আটশ ফুট নিচে বয়ে চলা তরঙ্গিত তরলিত ভাগীরথী তে আত্ম

সমর্পণ করার আকুলিতে দুর্বার। সেই ঝর্নার জলধারার শব্দে চারিদিক স্বর্গীয় সঙ্গীতের আবহে পূর্ন।

বড্ড জ্ঞানী মৃদু মৃদু হাসতে লাগলেন। এ সবই তাঁর ই সৃষ্টি। দুর্বার হাওয়ায় তাঁর বিচিত্র বর্ণের দাড়ি হাওয়ায় উড়ছে। আকাশে হালকা নীলাভ রূপো রঙের শতদল ফুটে উঠছে আর সাথে সাথে মিলিয়ে যাচ্ছে। বড্ড জ্ঞানীর চেতনার আকাশে ধীর লয়ে প্রস্‌ফুটিত হলো আজ হতে প্রায় 14 billion বছর আগের কথা, সঠিক সময় ধরলে 13.77 billion years আগে ঘটে যাওয়া কথা। তখন তিনি ইউনিভার্স তৈরি করছিলেন নিজের খেয়ালে। তার পর আরও কত যুগ কেটে গেল, মনে হল মানুষের মত কিছু তৈরি করতে হবে, তখন তিনি নতুন করে পৃথিবী নামে জগৎ সৃষ্টির কাজে হাত দিলেন। সে তো আজ হতে 4.543 billion years আগের কথা, তাঁর কাছে তা এই তো সেদিনের কথা।

সে সময় পৃথিবী নামের এই আগুনের পিন্ডটার নির্দিষ্ট কোন চেহারা ছিল না। তার নিজেরই মাধ্যাকর্ষণ শক্তির জোরে সেই বায়বীয় জ্বলন্ত গ্যাস আর ধুলো প্রচণ্ড আবর্তিত হতে হতে ধীরে ধীরে গোলক মত চেহারা ধরতে লাগল। তখন বড্ড জ্ঞানী সেই জ্বলন্ত গোলক সম গ্যাস এর পিন্ড টাকে সূর্য নামক আর একটা বড় নক্ষত্রের সাথে বেঁধে দিলেন। সে তখন থেকে সূর্যের সাথে ঘুরছে, সূর্যের ই চারিদিকে পাক খেতে খেতে। বড্ড জ্ঞানী তখন তার চারি পরিসরে হাওয়ার বাতাবরণ তৈরি করে দিলেন, সেই হাওয়ার মাঝে ঘুরতে ঘুরতে তার আগুন ক্রমশ কমে আসতে লাগল, আর তার পিঠ গা একটু একটু করে ঠাণ্ডা হতে লাগল। কিন্তু ভেতরের আগুন জ্বলতে ই থাকল।

এই যে পৃথিবী তিনি তৈরি করলেন এর সারা শরীরে আস্তে আস্তে প্রচুর লোহা উপাদান হিসেবে তৈরি হতে লাগল। সেই পৃথিবী তো বন বন করে প্রচণ্ড বেগে ঘুরছে নিজের চারিদিকে আর সূর্যের ও চারিদিকে। দুর্দান্ত তার গতি। সেই গতির বেগে অন্য সব কাছাকাছি এসে পড়া meteorite আত্মসাৎ করে প্রচণ্ড আগুনে ফুলে ফেঁপে উঠতে লাগল, সব লোহা গলে সেই জ্বলন্ত গোলকের পেটের মধ্যিখানে জমা হতে লাগল। আর সেই প্রচণ্ড ঘূর্ণায়মান গলিত লোহা ঘুরতে ঘুরতে তার চারপাশে চৌম্বক ক্ষেত্র তৈরি করল। একটু একটু করে তৈরি হতে লাগল পৃথিবীর উত্তর মেরু আর দক্ষিণ মেরু। এত সব কিছু হচ্ছে কিন্তু জল নেই কোথাও। কিন্তু বড্ড জ্ঞানী তো মানুষের মত কিছু করবেন আর তার জন্য তো জল চাই ই। তিনি তখন মহাকাশ হতে প্রচণ্ড বড় বড় জল ভরা উল্কা গুলোকে পৃথিবীর দিকে ছুটিয়ে দিলেন। তারা তাদের সকল জলকণা শুদ্ধ আরো অন্যসব উপাদান সহ পৃথিবীর বুকে আছড়ে পড়তে লাগল। প্রচণ্ড বোমা বর্ষণের মত সারা পৃথিবী ছেয়ে ফেলল। এই কাজের জন্য বড্ড জ্ঞানী Jupitar কে কাজে লাগলেন। Jupiter অনেক বড় তার ক্ষমতা অনেক বেশি তার দিকে ধেয়ে আসা লক্ষ লক্ষ টন ওজনের meteorite গুলো কে প্রচণ্ড জোরে অন্য সব কক্ষ পথে ঘুরিয়ে দিতে লাগল। তারা সব নিজেদের রাস্তা ভুলে elliptical, parabolic, হাইপারবলিক হয়ে পৃথিবীর চলার পথে ধেয়ে আসতে লাগল। ফলে যা হবার তাই হলো .... সংঘর্ষ। তারা তাদের মধ্যের বিশাল জলকণা শুদ্ধ পৃথিবীর বুকে আশ্রয় নিল। আর এই থেকে পৃথিবীর সাগর মহাসাগর তৈরি হল। বেশি নয় মাত্র 150 million বছর আগের এই সব ঘটনা। (Zircon ভেঙে গুঁড়িয়ে পরীক্ষা করে দেখা গ্যাছে তার 20

শতাংশ পাথর অবশিষ্ট এমন যে তা জল ছাড়া তার অস্তিত্ব হতে পরে না।) ।

কিন্তু সমস্যা আরও রয়ে গ্যাছে। সাগর মহাসাগরের জল অতি মাত্রায় লৌহ আকরে পরিপূর্ন। পৃথিবীর আকাশ সে সময় ধূসর, হাওয়া অতি অতি ভারী, nitrogen, carbon dioxide আর methene গ্যাস এ পরিপূর্ন। যদিও পৃথিবী পৃষ্ঠ অনেক ঠাণ্ডা হয়ে এসেছে। প্রাণীদের বাঁচার অনুকূল কিন্তু শ্বাস প্রশ্বাসের জন্য বাতাস অনুকূল নয়।

বড্ড জ্ঞানী তৈরি করলেন strematolites , এরা সব সবুজ রঙের শ্যাওলা, photo synthesis প্রক্রিয়ায় এরা সারা পৃথিবী জুড়ে জন্মাতে লাগলো। এরা বাতাস থেকে কার্বন dioxide টেনে নিয়ে অক্সিজেন ছাড়তে লাগলো সারা পৃথিবীতে। পৃথিবীর বুকে অক্সিজেন ভরে গেল।

20th March, 2022

বড্ড জ্ঞানী অন্য সব প্রাণ তৈরিতে রত হলেন। এই কালের সমস্ত সময়টাই ব্যয়িত হল না না রকম উদ্ভাবনে আর তাদের development এ। এটা সে সময়ের সারা বিশ্ব জুড়েই হয়ে চলছিল। যাদের জন্ম দেওয়া হল তাদের খাদ্য, থাকার জায়গা এ সবের ভাবনা চিন্তায়। পৃথিবীর জলবায়ু তখন একেবারেই অন্য রকম ছিল। মুহূর্তে মুহূর্তে আবহের পরিবর্তন হচ্ছিল। ঝড়, বৃষ্টি, তুফান, বজ্রপাত অহরহ হয়ে চলছিল। তার মাঝে টিকে থাকার মত প্রাণী তৈরি করলেন বড্ড জ্ঞানী। তখন পৃথ্বী শুধু জলময়, ডাঙ্গা মাটি ছিল না। বাতাসেও অক্সিজেন এর অভাব ছিল। তাই প্রথমে সৃষ্টি করা গেল জলের মধ্যের প্রাণ। তারা কেবল মাত্র এক কোষে র

প্রাণী। তাদের না আছে চোখ, না কোন অঙ্গপ্রত্যঙ্গ। প্রতি মুহূর্তে তারা চেহারা বদলাতে পারত। তাদের নাম দেওয়া গেল অ্যামিবা। তারা বংশবৃদ্ধি করল নিজেদের শরীর থেকে খানিকটা ছিঁড়ে নিয়ে আর একটা প্রাণ। অবার সেই থেকে ছিঁড়ে নিয়ে আর একটা, এ ভাবেই তারা বেড়ে চলল। তারা শ্যাওলা খেয়ে বাঁচত।

ধীরে ধীরে ডাঙ্গা জেগে উঠে লাগলো। ডাঙার ওপর উদ্ভিদ তৈরি হলো। ছেয়ে গেল তারা। তারা কার্বন অক্সাইড শুষে নিয়ে অক্সিজেন ছাড়তে লাগলো। যেহেতু তাদের খাদ্য শুধু সূর্যের আলো আর কার্বন dioxide তাই তাদের খাদ্যের অভাব রইল না। সূর্যের আলো আরো বেশি পাবার জন্য নিজেদের মধ্যে রেষারেসি করে আরও উঁচু হয়ে উঠতে লাগলো। সৃষ্টি হলো গাছ পালা জঙ্গল। সমুদ্রের জলে বিরাট বিরাট সব প্রাণী জন্মাতে লাগল। তারা সূর্যের আলো থেকে উষ্ণতা পাবার জন্যে ডাঙায় উঠে পড়ে থাকত। তাদের কেউ কেউ এত বড় যে তারা নড়তে চড়তে চাইত না। চলা ফেরা মোটে করতে চাইত না। তারা ধীরে ধীরে নিজেদের চেহারা বদল করতে লাগল তাদের নিজেদের সুবিধের জন্য। বড্ড জ্ঞানী তাদের মাথায় অতি সামান্য একটু বুদ্ধি দিলেন। তারা প্রথমে তাদের জলের মধ্যে নড়া চড়া করার পাখনা গুলো দিয়ে ডাঙার ওপর চলা ফেরার চেষ্টা করতে লাগল। সেগুলো ধীরে ধীরে ল্যাজ, পা, এরকম হয়ে উঠল। এদের মধ্যে কিছু রা দ্রুত হাঁটতে শিখে গেল। কিছুদের আবার পাখনা গজাল। বড় বড় বিশাল সব চেহারা। তারা একে অন্যকে মেরে খেতে লাগল। বিশাল বড় বড় শরীর নিয়ে চলা ফেরা করা আর লড়াই করার অসুবিধে, তাই তারা নিজেদের শরীর একটু

একটু পরিবর্তন করে ছোট হতে লাগল। এসব করতে তাদের millions and millions years লেগে গেল।।

তাদের মধ্যে কেউ কেউ তাদের বিরাট মোটা ল্যাজের ওপর ভর করে উঠে দাঁড়াতে চেষ্টা করল, কেউ বা পাখনা , হাত পা খসিয়ে বুকে হেঁটে চলতে লাগল অবার কেউ কেউ বা সামনের পা দুটিকে পাখনা বানিয়ে আকাশে ওড়ার চেষ্টা করতে লাগল।

ধীরে ধীরে প্রাণীদের চেহারায় ব্যাপক পরিবর্তন আসতে লাগল। বড্ড জ্ঞানী এদের মধ্যে থেকে বেছে নিয়ে কিছু কিছু প্রাণীদের গায়ে বড় বড় লোম লাগিয়ে মুন্ডু গুলো ঘাড়ের ওপর সোজা বসিয়ে, চোখের মণি গুলো পাশের থেকে সরিয়ে সামনের দিকে ফিট করে, দাঁত গুলো ভালো করে সাজিয়ে দিয়ে তাদের একরকম অন্য ধরনের চেহারায় সাজিয়ে তুলতে লাগলেন। তাদের এখনকার পৃথিবীর মানুষগুলো নাম দিয়েছে Primates !

এই primates দের মধ্যে অনেক রকম প্রজাতি সৃষ্টি হলো। শিম্পাঞ্জী, ওরাং ওটাং, গরিলা, বানর, হনুমান, আর ও কত রকম। এরা নিজেদের কাজের সুবিধার জন্য অতি ধীরে ধীরে নিজেদের বুড়ো আঙ্গুল গুলোকে কাজের সুবিধা মত ঠিক জায়গায় মত ঘুরিয়ে নিতে লাগল। এসব করতে তাদের লক্ষ বছর লেগে গেল। এরা প্রায় 60 millions years আগে বা তার ও অনেক বছর আগে এসেছিল। বড্ড জ্ঞানী তাদের আরও বুদ্ধিমান করে তুলতে লাগলেন।

সেখান থেকে অনেক million বছর লেগে গেল একটু একটু করে পরিবর্তন হতে। এবার এখন হতে প্রায় 6million

বছর আগে Hominidae রা নিজেদের Pongidae থেকে আলাদা করে নিল। Hominidae রা Pongidae দের সাথে মেলামেশা একদম বন্ধ করে দিল।

এর মাঝে পৃথিবীর শরীরে নানা ভাগ দেখা দিতে লাগল। Rift Valley বিপর্যয় হলো। এর ফলে পূর্ব আর দক্ষিণ আফ্রিকা মধ্য আর পশ্চিম হতে বেশ পার্থক্য গড়ে তুলল। এই যে Hominidae রা Pongidae দের থেকে আলাদা হলো বা যা কে dichotomy বলা যেতে পারে তার মূল কারণ হলো এই Rift Valley. শিম্পাঞ্জী গরিলারা পশ্চিম আর মধ্য আফ্রিকার স্যাঁতস্যাতে জলা জমিতে রয়ে গেল, Hominidae রা পূর্ব আর দক্ষিণ আফ্রিকার বিশাল উন্মুক্ত অঞ্চল পছন্দ করল। আর এই সব জায়গাতেই Hominidae রা ধীরে ধীরে সাবলীল ভাবে দু পেয়ে হয়ে উঠল। এটা হয়েছিল আজ হতে সাড়ে তিন অথবা 4মিলিয়ন বছর আগে। তখন এরা দু পারে চলা ফেরা দৌড়া দৌড়ি করতে লাগলো আর হাত দুটো একেবারে ওসব ব্যাপার করতে আর দরকার হলো না। বড্ড জ্ঞানী ধীরে ধীরে মানুষ বানিয়ে ফেললেন।

তাদের শরীরের নানা জায়গা গুলো এদিক ওদিক করে দু পায়ে খাড়া করে দাঁড় করিয়ে দিলেন।তিনি তাদের নাম দিলেন মনুষ্য। এই মনুষ্য গুলো চলে ফিরে বেড়াতে লাগলো বটে তবে সর্বত্র তাদের তিনি সমান ভাবে বুদ্ধি ও দিলেন না অবার সবার চেহারা ও একরকম করলেন না। মাথার গড়ন, নাকের গড়ন, কপালের গড়ন এক এক জায়গায় এক এক রকম হতে লাগল। এখনকার মানুষেরা মাটি খুঁড়তে খুঁড়তে তাদের পুরনো সব খুলি, হাড়, হাত পা এর টুকরো এসব এখন খুঁজে পাচ্ছে আর সে সব নিয়ে গবেষণা করছে। হাঃ হাঃ হাঃ

...... তাদের অবার নামও দিচ্ছে, কাউকে বলছে Homo Habilis অবার কাউকে বলছে Homo Erectus, আর এদের থেকেই নাকি Homo Sapiens দের আবির্ভাব। যা হোক এরা এক সাথে অনেক জায়গায় ছড়িয়ে পড়ল। বড্ড জ্ঞানী এটাই চেয়েছিলেন। এর পর থেকে তারা নিজেদের ভীষণ বুদ্ধিমান করে তুলতে লাগল। নিজেদের সুবিধার জন্য তারা অল্প অল্প করে নানা রকম যন্ত্র পাতি ও তৈরি করতে লাগল। পাথরের যন্ত্র পাতি, মাছ ধরার বড়শি , দুর থেকে ছুটে মারার মত কিছু, এসব করতে করতে আজ তারা এত এগিয়েছে যে অন্য সব গ্রহেও পাড়ি দিচ্ছে, কম্পিউটার তৈরি করছে, আরো কত কি সব। কিন্তু বড্ড জ্ঞানী জানেন এসব কিছুই একদিন থাকবে না। যা জন্মেছে, যা অবয়ব প্রাপ্ত হয়েছে এক দিন না একদিন তার বিনাশ হবেই। এই যে পৃথিবী এক সময় ছিল শুধুই আগুনের গোলা, গ্যাস আর ধুলোকনা। জল ছিল না মোটে। তারপর সে সব আস্তে আস্তে ঠাণ্ডা হতে হতে এখনকার মত হয়েছে। এর পর আরো ঠাণ্ডা হবে । ধীরে ধীরে সব কিছু বরফ ঢেকে যাবে। সব শেষ হয়ে যাবে। পৃথিবী তখন শুধু ঠাণ্ডা, শক্ত, প্রাণহীন গোলক হয়ে ঘুরেই চলবে। সেজন্য বড্ড জ্ঞানী ইদানিং তাঁর খেচর নিয়ে পৃথিবীর বাইরে অন্য থাকার জায়গা খোঁজার চেষ্টায় আছেন। সে জন্যই Ochotona Pika পিকা দের নিয়ে বাইরে যাবেন ভেবে রেখেছেন। কিন্তু মানুষ র এত বুদ্ধিমান হয়ে উঠেছে যে তাঁকেও খুঁজে বার করার চেষ্টায় আছে। কি করে তিনি এসব করেছেন তা ও প্রায় ধরে ফেলেছে বলে মনে করছে। হাঃ হাঃ হাঃ ...... তারা নিজেরাই বলছে

খেলিছ এ বিশ্ব লয়ে বিরাট শিশু আনমনে ......

(নজরুল ইসলাম)।।

1st May, 2022

বড্ড জ্ঞানী ঘুমপাড়ানি একটু একটু করে ঘন্টা রতনকে তৈরি করছেন, আর এ ব্যাপারে প্রত্যুৎপন্ন মতিত্ব ও খুব একটা অসহযোগিতা করছে বলা যায় না। তবে ঘন্টা রতনকে শেখাবার সময় মাঝে মাঝে ই এমন খ্যা ক্ষ্যা করে হেসে ওঠে যে ঘন্টা ধরফরিয়ে হাঁক প্যাঁক করে ওঠে। বড্ড দুর্বিনীত হয়ে উঠছে প্রত্যুৎপননমতিত্ব।

ঘন্টা যখন নিবিষ্ট মনে কিছু শেখে তখন বড্ড জ্ঞানী আড় চোখে তাকে দ্যাখে আর ভেতরে ভেতরে প্রচুর সন্তোষ অনুভব করেন। তাঁরই সৃষ্টি, কি প্রবল বুদ্ধিমান আর বিচক্ষণ হয়ে উঠেছে ধীরে ধীরে । আর এই এতদূর পর্যন্ত নিয়ে আসতে তাঁর এই মানুষদের হিসেবে আশি লক্ষ বছর লেগেছে। প্রথমে সূর্য এবং অন্য সব গ্রহ নক্ষত্রদের মধ্যে ছোট বড় সব বিস্ফোরণ ঘটিয়ে সেসব থেকে একটা ক্ষুদ্র গ্যাসীয় অগ্নি গোলক ছিঁড়ে বার করে তারপর ক্রমাগত বন বন করে ঘুরিয়ে গোলক আকৃতি দিয়ে তার বহিরাবরণ কে অনেকটুকু ঠাণ্ডা করে তারপর তার ওপরে বৃষ্টিপাত করিয়ে আরও ঠাণ্ডা করে , ice age এনে, অজস্র glacier, সমুদ্র , নদী হ্রদ বানিয়ে জলের মধ্যে এক কোষ প্রাণী তৈরি করে .... কম কান্ড করেছেন বড্ড জ্ঞানী এই ঘন্টা রতনকে তৈরি করতে !! পৃথিবীর ওপরটা ঠাণ্ডা খানিকটা করলেও ভেতরে আগুন জ্বলছেই। আর তার থেকে যা গ্যাস তৈরি হচ্ছে তা যদি বেরোবার জায়গা না পায় তবে প্রচণ্ড বিস্ফোরণে ফেটে চৌচির হয়ে যাবে। তাই পৃথিবীর গায়ে এখানে সেখানে

অনেক ফুটো করে দিয়েছেন বড্ড জ্ঞানী। এখনকার মানুষেরা তাদের বলে volcano বা আগ্নেয় গিরি। এসব করতেই কোটি কোটি বছর কেটে গ্যাছে। তারপর ঐ এক কোষ প্রাণী থেকে নানা রকম জীব বৈচিত্র্য করতে লেগে গ্যাছে আরও কয়েক কোটি বছর।

তারপর ধীরে ধীরে অনেক বিবর্তন ঘটিয়ে চতুষ্পদ প্রাণী, সেখান থেকে primate hominid । প্রথমে lemur, Loris তারপর বানর - বনমানুষ , সেখান থেকে মানুষ - দীর্ঘ্য লম্বা যাত্রাপথ। প্রথমে hunter - gathering কাল শেষ করতেই 90 শতাংশ সময় তার কেটে গ্যাছে। এই সময় শুধু শিকার বা ফল - মূল সংগ্রহ ই নয় কখনো কখনো মাংস সংগ্রহের জন্য অন্য প্রাণীদের শিকার করা মাংসও বল প্রয়োগ করে ছিনিয়ে আনতে হতো। এই যে চতুষ্পদ থেকে দ্বিপদ মানুষ হয়েছে এর পেছনে মাংস খাবার একটা বিরাট ভূমিকা আছে। সঠিক ভাবে বলতে গেলে মানুষকে বড্ড জ্ঞানী সর্বভুক প্রাণী হিসেবেই ধীরে ধীরে তৈরি করেছেন।

মানুষকে তিনি এমন বুদ্ধি আর পেশির ক্ষমতা দিলেন যে তারা তাদের থেকেও অনেক বড় আর অনেক শক্তিশালী জন্তুকে শিকার করে খেতে লাগল। এর পর এল ওল্ডয়ান যুগ, homo Habilis থেকে homo Erectus , তারা পাথরের অস্ত্র তৈরি করতে লাগল, আগুন তো আগে থেকেই ছিল। আগুন মানুষকে তৈরি করতে বা আবিষ্কার করতে হয় নি। তারা আগে থেকেই আগুন চিনত। শুধু মাংস পুড়িয়ে খেলে যে স্বাদ বাড়ে তা শিখে গেল। এটাও অনেক জায়গায় homo Habilis রা জানত কারণ জঙ্গলে আগুন লেগে পাখি বা অন্য জানোয়াররা মরত তখন তাদের পোড়া মাংস যে অন্য কাঁচা

মাংসের থেকে বেশি ভাল খেতে তা জানা ছিল। এর পর homo Habilis থেকে তারা ধীরে ধীরে homo Erectus হলো। তখনো তাদের গায়ে বড় বড় লোম। আর তারা খুব মাংস খেতে লাগল। তাদের পেশি আরও সুগঠিত হতে লাগল। বুদ্ধির বিকাশ হতে লাগল দ্রুত গতিতে। নতুন নতুন অস্ত্র তৈরি করতে লাগল, অস্ত্রে শান দিতে লাগল আর আগুনকে রক্ষা করতে শিখল। তাদের হাতের আর পায়ের আঙ্গুলের বিরাট ক্রম পরিবর্তন হতে লাগল। শক্ত ভাবে ধরার মত আঙ্গুল হলো। তাদের স্মৃতিশক্তি বাড়তে লাগল দ্রুত। রান্না করা মাংস খেতে খেতে তাদের চোয়াল নতুন ভাবে তৈরি হলো। মাংস খাবার আর ছেঁড়ার জন্য প্রয়োজনীয় কুক্কুর দন্ত ক্রমশ দুর্বল আর ছোট হতে লাগল। বিবর্তনের মধ্যে দিয়ে মুখ মণ্ডলের দারুন পরিবর্তন এল। চোখ দুটো পাশের থেকে সরে সামনে প্রতিস্থাপিত হলো। মাথার করোটি আগের তুলনায় আরও বড় হলো। মানুষ আধুনিক হতে শুরু হল। ঘন্টা রতনের জন্ম হল।

এখন বড্ড জ্ঞানী ইঁদুর গুলোর সাথে - প্রত্যুত্পন্ন মতিত্ব - আর ঘন্টা রতনের মধ্যে সমন্বয় সাধনের কাজটা করছেন। এটা সম্পন্ন হলে ঘন্টা রতন হাওয়া য় ওড়া টাকা ধরতে শিখে যাবে আর তারপর হুড়ুৎকারের ছেলেকে নিয়ে আধাআধি বখরায় ব্যবসা করতে শুরু করবে। সেদিন আর দেরি নেই বেশি। এটা শেখা হয়ে গেলেই কলকাতায় ফিরবে ঘন্টা।

05th May, 2022

বড্ড জ্ঞানী ঘুমপাড়ানি র একটু দুঃখ হয় আজকাল কিছু শতক ধরে। তিনি তো এ বিরাট অসিম অনন্ত বিশ্ব লয়ে খেলে

চলেছেন, কিন্তু কোথাও কোন প্রাণের সৃষ্টি করেন নি একমাত্র এ পৃথিবী ছাড়া, সেটাকে তিনি বড়ই যত্নে গড়ে তুলেছেন, ওই সাংঘাতিক গরম গ্যাসীয় গোলক টাকে একটু একটু ঠাণ্ডা করে, কত ধীরে ধীরে নানারকম প্রাণ সৃষ্টি করে তারপর নানারকম পরীক্ষা নিরীক্ষা করতে করতে তবে ই না মানুষ নামে এই প্রাণীটা হয়েছে। এখন এরা নিজেদের বুদ্ধি প্রয়োগ করে পৃথিবী টাকে যথেচ্ছ পাল্টে ফেলেছে। তারা এত রকম ফসিল ফুয়েল পুড়িয়েছে আর তা বন্ধ না করে বাড়িয়েই চলেছে তাতে পৃথিবী অবার অসম্ভব গরম হয়ে উঠেছে এমনকি এর ফলে এত রকম গ্যাস তৈরি হয়েছে যে তা পৃথিবীর বায়ুমণ্ডলের ওপরে জমা হয়ে সূর্যের রশ্মি কে কখনো কখনো পৃথিবীর বুকে আসতে বাধা দিচ্ছে। এর ফলে কোথাও অত্যধিক গরম হচ্ছে অবার বা কোথাও অতি বৃষ্টি বা অতি বরফ পাত হতে শুরু হয়েছে। অবার সব চেয়ে দুঃখের কথা পৃথ্বীর বুকে জমে থাকা সব বরফ গলে জল হয়ে সমুদ্রের বুকে চলে যাচ্ছে আর তার ফলে সমুদ্রের জল উপচে ডাঙায় এসে সব ভাসিয়ে দিচ্ছে। অতি বৃষ্টির ফলে বন্যা হচ্ছে খুব।

বরাবরই পৃথিবীর কোন কোন জায়গায় বৃষ্টিপাতের হার খুব কম। কয়েক দশক আগে পর্যন্ত মানুষ এ সব মেনে নিত। কিন্তু আজকাল মানুষ ধুরন্ধর হয়ে উঠেছে। বিজ্ঞান নিয়ে খুব খেলা করতে শিখেছে। এখন একটা নতুন বুদ্ধি করে যে যে জায়গায় বৃষ্টি কম হয় সেখানে তুমুল বৃষ্টি তৈরি করে ফেলছে। এটা তারা লক্ষ্য করেছে যে আকাশে বজ্রগর্ভ মেঘ তৈরি হলে আর সেই মেঘের ভেতর বিজলী কনাদের নিজেদের মধ্যে সংঘাত আর বিচ্ছুরণ এর ফলে মেঘ ফেটে গিয়ে বৃষ্টি হয়। অবশ্য অনেক সময় মেঘের মধ্যে জলকণা খুব বেশি জমা

হয়ে গেলেও তা অতি ভারী হয়ে বৃষ্টি হয়ে ঝরে পড়েযায় । এখন বুদ্ধিমান মানুষেরা আকাশে ড্রোন উড়িয়ে ভয়ঙ্কর বিদ্যুতের ঝলক তৈরি করে আকাশে Electric Shock দিচ্ছে। ড্রোন গুলো সব মেঘের মধ্যে ঢুকে প্রচণ্ড electric shock দিতে সেখানে মুহূর্তের মধ্যে জলকণা তৈরি হয়ে এক একটা জলকণা অন্য জলকণাদের সাথে সম্পৃক্ত হয়ে অনেক বড় জলকণা তৈরি হয়ে খুব ভারী হয়ে উঠে পৃথিবীর বুকে বৃষ্টি হয়ে ঝরে পড়ছে।

আবার আর এক রকম কায়দা ও তারা আবিস্কার করেছে। সেটা হলো, আকাশে ড্রোন বা বিমান বা রকেট উড়িয়ে তার থেকে আকাশে প্রচুর নুন এর পাউডার ছড়িয়ে দিচ্ছে। আর আকাশে যে জলকণা থাকে তা নুনের চারপাশে মুহূর্তের মধ্যে জমাট বেঁধে বড় বড় জলকনার সৃষ্টি করে বৃষ্টি হয়ে ঝরে পড়ছে। অবার এতে অন্য একটা কাজও হয়। তা হল সূর্যের রশ্মি তার ওপর পড়ে reflection হয়ে বা refracted হয়ে তেজ হারিয়ে ফেলে। তাতে পৃথিবীর গাত্রের উষ্ণতা কমে।

মানুষ বুঝতে পারছে না এ সব হিতে বিপরীত হচ্ছে। এই যে কৃত্রিম বৃষ্টি করান হচ্ছে এতে বায়ুমণ্ডলের অন্য জায়গার জলকণা টেনে এনে বৃষ্টি ঘটান হচ্ছে। তার ফলে অন্য জায়গায় অনাবৃষ্টি হচ্ছে ও সে সব জায়গার মাটি অনুর্বর হয়ে পড়ছে। সেখানে প্রচণ্ড জলাভাব হচ্ছে। বন্য প্রাণীরা জলের অভাবে মারা পড়ছে। বড্ড জ্ঞানী সব লক্ষ্য করে যাচ্ছেন।

25th May, 2022

Nebula, ভারতীয়রা যাকে বলে নীহারিকা, তা বড্ড জ্ঞানীর সবচেয়ে মনমুগ্ধকর সৃষ্টি। অপূর্ব সুন্দর, তাতে যে কত রকমের রঙের খেলা তা অবিশ্বাস্য রকমের সুন্দর। বড্ড জ্ঞানীর নিজের সৃষ্টির মধ্যে এই নেবুলা গুলোকে আর পৃথিবীটাকে নিজের মনের মত করে তৈরি করেছেন। কিন্তু তাঁর নিজের তৈরি নিয়মেই কোন কিছুই চিরস্থায়ী নয়। সবকিছুই এক দিন না একদিন ধ্বংস হবেই, তা এখনই হোক বা কয়েক বিলিয়ন বছর পরেই হোক। এই পৃথিবী ও ধ্বংস হবেই। আর তা ধ্বংস হবে তার নিজের গুনে বা দোষে নয়, তার ধ্বংসের কারণ হবে সূর্য। সূর্য বাদে পৃথিবী আর এইসব ছোট ছোট গ্রহরা এখনো তাদের শৈশবাবস্থায়েই আছে, সে তুলনায় সূর্য কে বলা যায় তার যৌবন অবস্থায় আছে। সূর্যের ও বিনাশ হবে একদিন। আর তার সাথে তার ওপর নির্ভর করে আছে যে সব ছোট ছোট গ্রহ রা , তারাও ধ্বংস হবে। বড্ড জ্ঞানীর হিসেব মত আজ থেকে পাঁচ বিলিয়ন বছর পরে সূর্যের ভেতরে hydrogen core কাজ করা বন্ধ করে দেবে, তার ফলে সূর্য অতি দ্রুত ঠাণ্ডা হয়ে যাবে, আর তার ফলে পৃথিবী আর অন্যান্য গ্রহ রাও ঠাণ্ডা হয়ে যাবে। অন্য সব গ্রহের তুলনায় পৃথিবীর ক্ষতিই সবচেয়ে বেশি হবে। একেবারে ঠাণ্ডা হতে হতে হিমাঙ্কের অনেক নিচে চলে যাবে। ওই হিম শীতল অবস্থায় কোন গ্যাস আর গ্যাসীয় অবস্থায় থাকবে না, প্রথমে তরল অবস্থায় আসবে তারপর কঠিন কঠিন অবস্থা প্রাপ্ত হবে। কোন প্রাণী উদ্ভিদ আর শ্বাস - প্রশ্বাস নিতে পারবে না। আর সূর্যের মধ্যেও এক বিরাট বিপুল বিস্ফোরণ হবে। সব ধ্বংস হয়ে যাবে। বড্ড জ্ঞানীর হিসেব ই

তাই, নিয়ম ই তাই। যা জন্ম গ্রহণ করেছে তার মৃত্যু হবেই। বড্ড জ্ঞানী নিজের মনের আনন্দে নিজের খুশিতে এ বিরাট মহাবিশ্ব নিয়ে খেলা করে চলেছেন। মাঝে মাঝে তাঁর একটু একা বলে মনে হয়, সেজন্য ই এই ঘন্টা রতনদের মত মানুষ সৃষ্টি করেছিলেন একটু একটু করে, কিন্তু কালক্রমে তারা ভীষণ চালাক হয়ে উঠেছে, এমনকি বড্ড জ্ঞানীকে ও অস্বীকার করছে, তিনি হাসেন এদের মূর্খামি দেখে।

25th July, 2022

একজন মানুষ আছেন তাঁর নাম Yuval Noah Harari, তিনি হলেন একজন ইহুদী intellectual এবং ঐতিহাসিক, জেরুসালেম এর ইহুদী বিশ্ববিদ্যালয়ের অধ্যাপক। তিনি Sapiens (মনুষ্য জাতি) এর দের নিয়ে এবং sapiens দের ওপরে অনেক বৈজ্ঞানিক দৃষ্টিভঙ্গি তে গবেষণামূলক গ্রন্থ রচনা করেছেন। এ রকম একটি বইতে তিনি লিখেছেন, "In seeking bliss and immortality humans are in fact trying to upgrade themselves into gods".

তাঁর রচনায় এক জায়গায় তিনি বলেছেন, " The upgrading of humans into gods may follow any of three paths : biological engineering, cyborg engineering and the engineering of non - organic beings".

বড্ড জ্ঞানী অনেক সাবধানে ধীরে ধীরে এগিয়েছেন। জ্বলন্ত গ্যাসের পিন্ডটাকে হাওয়ার সমুদ্রে ভাসিয়ে আর ক্রমাগত ঘুরিয়ে ঘুরিয়ে অনেকটা ঠাণ্ডা করার পর আকাশ হতে বৃষ্টি নামিয়ে জল তৈরি করে সেই জলের ভেতর প্রথমে এককোষী প্রাণী অ্যামিবা (amoeba) সৃষ্টি করেছেন, তার

থেকে মাছ, উদ্ভিদ, সরীসৃপ, হ্যাঁ, সাপ এবং সাপের নিকটতম সর্পিল কোন প্রাণী আর তার অনেক পরে সেখান থেকে বিবর্তিত স্তন্যপায়ী প্রাণী দের নানারকম বিবর্তন ঘটিয়ে তবে না sapiens (মনুষ্য জাতি) দের পৃথিবীতে এনেছেন। অন্ততঃ চার বিলিয়ন বছর লেগেছে এইসব কান্ড ঘটাতে। তাহলে এই ঘন্টারতন রা ভাবছে কেন যে বড্ড জ্ঞানী এই মানুষেই থেমে যাবেন !! জিন ঘটিত দু একটা ছোটখাট পরিবর্তন এনে, হরমোন আর নিউরন এর মধ্যে তারতম্য ঘটিয়ে মানুষের পরেও অন্য কিছু করার বাসনা যে তাঁর নেই এ কথা ঘন্টা রতন রা ভাবে যেমন করে ! নদীতে আর সমুদ্রে জাহাজ চালিয়ে, আকাশে উড়ো জাহাজ চালিয়ে আর কম্পিউটার বানিয়ে তারা নিজেদের সবজান্তা বলে ভাবতে শিখেছে। বড্ড জ্ঞানী সবই লক্ষ্য করে যাচ্ছেন । হিমালয়ের গোমূখ যাবার রাস্তায়, মনুষ্য চক্ষুর আড়ালে তাঁর যে ল্যাবরেটরি আছে সেখানে প্রত্যুৎপন্নমতিত্বের হার্ড ডিস্ক এ সব তোলা হয়ে যাচ্ছে। এখন সেখানে ঘন্টা রতনের ট্রেনিং চলছে।

31st July, 2022

বড্ড জ্ঞানীর এবারে অবার একবার নেবুলা গুলো ইন্সপেকশন করতে যাবার সময় হয়েছে। তার আগে তিনি তাঁর গোমুখের আস্তানায় এলেন। দেখলেন মোটামুটি ঠিকই চলছে। আর তা ছাড়া তো অন্য কিছু হবার উপায় ও তো নেই। তিনি তো সব সিস্টেম বেঁধে রেখেছেন। তিনি পৌঁছতে সবাই একবার করে দেখা দিয়ে গেল, দার্শনিক ঘাড় বেঁকিয়ে শিং মাটিতে ঘষতে ঘষতে আর পায়ের খুর গুলো মাটিতে ঠুকতে ঠুকতে নাক দিয়ে ধোঁয়ার মত বাষ্প ছোটাতে লাগল। বড্ড জ্ঞানী মুহূর্তকাল অপেক্ষা না করে সম্মহিনি অস্ত্র প্রয়োগ

করে তাকে কাবু করে ফেললেন। সবাইকে নোটিশ দিয়ে দিলেন সেদিন শেষ বিকেলে তাদের জমায়েত হবে। ঘন্টা রতন এই জমায়েত কখনো দেখেনি। বড্ড জ্ঞানী প্রত্যুৎপন্নমতিত্ব কে এ বিষয়ে ঘন্টাকে তালিম দিয়ে দিতে বলে দিলেন।

সেদিন শেষ বিকেলে জমায়েত হলো। শুরুতেই নিয়মমাফিক সংঘের দলীয় সঙ্গীত রবি ঠাকুরের লেখা " আয় তবে সহচরি.... হাতে হাতে ধরাধরি ..... নাচিবি ঘিরি ঘিরি ...... গাহিবি গান .... আন তবে বিনা ......" গেয়ে সভা শুরু হলো। যে যার আসন গ্রহণ করে সভার বক্তব্য শোনার আর নিজেদের বক্তব্য রাখার জন্য তৈরি হলো। উল্লুকে পাঠঠা শ্রী পেচক ঝড়ে পোড়া, বিদ্যুতে ঝলসে যাওয়া পাইন গাছের ডালে, শ্রী ধনেশ একটা ফার গাছের ডালে, Mountain Giant Field Rat বড় একটা বোল্ডার এর খাঁজে, শ্রী শ্বেতপদ মূষিক ঝোপের আড়ালে গর্ত থেকে মুখ বাড়িয়ে, প্রত্যুৎপন্নমতিত্ব ল্যাবরেটরির গুহার মুখে আর ঘন্টা রতন ঠিক তার পাশে, দার্শনিক একটা সামান্য উঁচু প্রস্তর খন্ডের ওপর দাঁড়িয়ে আড়াআড়ি বড্ড জ্ঞানীর দিকে তাকিয়ে বড় বড় শ্বাস ফেলছে, এমনি আরও সবাই নিজ নিজ জায়গা খুঁজে বসে পড়ল। বড্ড জ্ঞানীর হাতে উচ্চ ক্ষমতা সম্পন্ন Tragia involucrata (মারাত্মক বিছুটি) হতে তৈরি সম্মহিনী ছড়ি। আজকের নতুন অতিথি দুজন, ঘন্টা রতন আর wild rooster , rooster টা ঘন্টা র থেকে নিরাপদ দূরত্বে একটা ছোট টিলার ওপর বসে। ঘন্টা আর rooster টা দুজনে দু জনের প্রতি সাবধানে নজর রাখছে।

সভার দলীয় সঙ্গীত শেষ হতেই বড্ড জ্ঞানী Triglyceride Palpelika Habastika দিয়ে তৈরি তাঁর বটুয়া থেকে ক্ষুদ্র ক্ষুদ্র পরিমাণ Diabolic grass, যে গুলো Milky way থেকে আনা, তা সবাইকে দিয়ে দিয়ে বললেন, টপাটপ খ্যাঁস খ্যাঁস ঘ্যাঁস ঘ্যাঁস করে চিবিয়ে খেয়ে নিতে। ঘন্টা সেটা চিবিয়ে খেয়ে মহানন্দে লাফিয়ে বলে উঠল, এতো গাঁজা, আর একটু দিন তো ! বলতেই প্রত্যুৎপন্নমতিত্ব ঘন্টাকে কষিয়ে একটা ঝাপ্পর লাগলো। ঘন্টা Diabolic grass এর জন্যই হোক বা থাপ্পড়ের জন্যই হোক চক্ষে কিছুক্ষন সর্ষে ফুল দেখতে লাগল।

যা হোক এরপর কিছুক্ষন সারগর্ভ ভাষণ চলার পর বড্ড জ্ঞানী জানতে চাইলেন কারো কিছু বলার আছে কিনা। ঘন্টা লাফিয়ে উঠে জানাল তার কিছু বক্তব্য আছে। সে বলল, এখানে আসা থেকে সর্ব ক্ষিদে মুক্তি বড়ি খেতে খেতে অরুচি ধরে গ্যাছে। আজ ওই টিলার ওপর বসে থাকা মোরগ টা আর শিংওয়ালা ছাগলটাকে bar-b-que করা হোক। মুহূর্তের মধ্যে তীব্র গতিতে দার্শনিক ঘন্টা কে ঢু mararr জন্য ঝাঁপিয়ে পড়ল, বড্ড জ্ঞানী ছড়ি হতে তৎপর, সম্মোহনী ছড়ি চালিয়ে সভা শান্ত করে, একটা নাতিদীর্ঘ ভাষণ দিলেন।

তিনি বললেন মনুষ্য দের একটা গল্প আছে। এই Talmudic tale e বলছে, একবার একটা ছোট্ট বাছুর কসাইখানা থেকে দারুন ভয় পেয়ে পালিয়ে এসে রাব্বি ইহুদা হানাসির কাছে পালিয়ে এসে রাব্বির দারুন আরামদায়ক আলখাল্লার ভেতর তার মুন্ডুটা ঢুকিয়ে কাঁদতে লাগল।এই রাব্বি এহুদা হানাদি ছিলেন Rabbinical Judaism যাঁরা প্রতিষ্ঠা করেছিলেন তাঁদের একজন।

যদিও ছোট্ট বাছুরটা তাঁর আলখাল্লার তলায় মাথা ঢুকিয়ে খুবই কান্না কাটি করছিল তবু রাব্বি তাকে ঠেলে সরিয়ে বললেন, যাও, সরে যাও, চলে যাও। তোমার জন্মই হয়েছে ওই কসাই খানার জন্য। এবং যেহেতু রাব্বি বাছুরটার জন্য কোন মায়া এবং দোয়া দেখলেন না , আমি (ঈশ্বর) তখন রাব্বিকে শাস্তি দিলাম। রাব্বি ক্রমাগত তের বছর ধরে অত্যন্ত যন্ত্রনামূলক ব্যাধি হতে কষ্ট পেয়ে চলল। তখন একদিন রাব্বির একজন চাকর ঘর পরিষ্কার করতে গিয়ে অনেকগুলো সদ্যজাত ইঁদুর ছানা দেখে সেগুলো ঝেঁটিয়ে ফেলে দিতে যাচ্ছিল। তখন রাব্বি ইহুদা ছুটে গিয়ে সেই অসহায় ইঁদুর ছানা গুলোকে বাঁচাবার জন্য তাঁর চাকরকে বললেন ওদের শান্তিতে থাকতে দাও। এখন রাব্বি যখন ক্ষমা, দয়া দেখাল আমি (ঈশ্বর) তখন রাব্বিকে তার দীর্ঘ দিনের যন্ত্রণা থেকে মুক্তি দিলাম।

19th August, 2022

সাইবারনেটিক্স(Sibernetix) নিয়ে মানুষেরা কিছু কাজ কর্ম করছে আজকাল। বুদ্ধি আছে বটে মানুষগুলোর। আমি যেটুকু বুদ্ধি ওদের মগজে ভরে দিয়েছিলাম তা ওরা ক্রমাগত বাড়িয়েই চলেছে। এখন এই সাইবারনেটিক্স নিয়ে কাজকর্ম করে মানুষেরা মানুষের আর যন্ত্রপাতির মধ্যে যোগসূত্র স্থাপনের চেষ্টায় রত। শুধু মানুষ নয়, অন্য সব জীবিত প্রাণীদের সাথে যন্ত্রের সংযোগ স্থাপনের চেষ্টা হচ্ছে। মানুষ তো রোবট বানিয়েই ফেলেছে, আর তা বেশ কিছু ক্ষেত্রে বেশ চমকপ্রদ কাজও করতে পারছে। তা এবার তারা ওই সাইবারনেটিক্স বিজ্ঞান কাজে লাগিয়ে আরও উন্নত কিছু করেই ফেলবে। তবে বড্ডজ্ঞানী মনে মনে একটু হাসলেন,

এই যে ঘন্টা রতন কে এখানে নিয়ে এসেছেন ট্রেনিং দিতে তা কি শুধু হাওয়ায় জাল ফেলে টাকা ধরবার কায়দা শেখাতে ! এই যে দশটা ইঁদুরদের ব্রেইন আর ঘন্টা রতন এর ব্রেইন এর মধ্যে যোগসূত্র স্থাপন করে তাদের বুদ্ধির সম্মেলন ঘটিয়ে মিলে মিশে কাজ করার যে কায়দা উদ্ভাবন করে দিচ্ছেন তা তো এই সাইবারনেটিক্স জ্ঞানের কণা মাত্র। এমন ব্যবস্থা করে দেবেন যে ঘন্টা যা ভাববে দশটা ইঁদুরও তাই ভাববে, ইঁদুর গুলো যা ভাববে টা ঘন্টা রতন ও সাথে সাথে তা বুঝে যাবে। সাইবারনেটিক্স নিয়ে মানুষ কতদূর এগোতে পারে তা এখনই তিনি ঠিক করেন নি।মানুষের বুদ্ধি খুব খারাপ। ভাল ভাল জ্ঞান দিয়ে মানুষেরা খুব খারাপ খারাপ কান্ড ঘটায়। লোভ , লোভ, এত লোভী এই মানুষ গুলো । তাই সাইবারনেটিক্স এর বুদ্ধি কতটা এগোতে দেবেন তা বড্ড জ্ঞানী এখনই স্থির করেন নি।

7th October, 2022

বড্ডজ্ঞানীঘুমপাড়ানি শুধুই সৃষ্টি করেছেন। তিনি যত প্রাণ সৃষ্টি করেছেন তা সব জটিল যান্ত্রিক কর্ম কুশলতা। প্রতি প্রাণের মধ্যে এই ব্যবস্থাই কাজ করে চলেছে। তা সে উদ্ভিদ হোক না অদৃশ্য ক্ষুদ্র - অতি ক্ষুদ্র প্রাণী ই হোক বা মনুষ্য বা অতিকায় অন্য কোন প্রাণী ই হোক। তিনি মৃত্যু বা মরণ তৈরি করেন নি। তবু প্রাণীরা কেন মরে তা হলে ! তার কারণ হলো এই প্রাণ যে বহমান তা চলে শরীরের মধ্যে যে সব যন্ত্র পাতি আছে তা কাজ করে বলেই। কোন একটা যন্ত্র কাজ করা বন্ধ করলেই অন্য যন্ত্ররাও কমজোরী হয়ে পড়ে আর এ রকম করতে করতে এক সময় যন্ত্রদের কাজ করা বন্ধ হয়ে যায়। তখন সেই প্রাণীর মৃত্যু হয়। তা হলে যে যন্ত্র খারাপ হচ্ছে তা

কে যদি সারিয়ে তোলা যায় তবে সে আবার ঠিক ঠিক কাজ করতে শুরু করবে, প্রাণ আবার সচল থাকবে। এমনকি যদি শরীরের মধ্যে কোন যন্ত্র যদি একদম খারাপ ও হয়ে যায় তবে সেটা বদলে নিয়ে নতুন আর একটা সেখানে বসিয়ে দিলেই আবার প্রাণ ঠিক ঠিক চলতে থাকবে। এমন তো হামেশাই হচ্ছে, লিভার - কিডনি - হার্ট - রেটিনা - ইত্যাদি তো প্রতিস্থাপন হচ্ছেই। কিন্তু এ সব তো আগে হতো না। ওই ঘণ্টা রতন রা বুদ্ধি ঘষে মেজে এ সব কায়দা বার করছে। অনেক কাল আগে, মানে তা প্রায় খ্রিস্ট জন্মের দুই সহস্রাবদের ও আগে, একজন মহা প্রতিপত্তিশালী রাজা ছিলেন, তাঁর নাম গিলগামেশ।

প্রাচীন মেসোপটেমিয়া সভ্যতার সময় অনেক ছোট ছোট সাম্রাজ্য গড়ে উঠেছিল। মেসোপটেমিয়ায় আক্কাদিয়া ভাষার প্রচলন ছিল, এই আক্কাদিয়া ভাষায় তাঁর সম্বন্ধে মহাকাব্যের মত কাব্যগাথা রচনা করা আছে। গিলগামেশ কে একজন ঐতিহাসিক রাজ পুরুষ হিসেবে দেখান হয়েছে। মেসোপটেমিয়ায় সুমের অঞ্চলে এক মহা প্রতিপত্তিশালী (শহর) সাম্রাজ্য ছিল, সেই সাম্রাজ্যের নাম ছিল উরুক, গিলগামেশ সেই সাম্রাজ্যের অধিপতি ছিলেন, খুব সম্ভবত তৃতীয় রাজপুরুষ ছিলেন তিনি।

সেই অতি প্রাচীন সূমের দেশের পুরান কাহিনীতে গিলগামেশকে উরুক সাম্রাজ্যের একজন অসম্ভব শক্তিশালী রজপুরুষ হিসেবে দেখান হয়েছে যিনি পৃথিবীর যে কোন শক্তিকেই যে কোন যুদ্ধে একা হারাবার ক্ষমতা রাখতেন। গিলগামেশ এর এক প্রাণের বন্ধু ছিল, তার নাম এনকিদু, সেই এনকিদু মারা যাওয়ার পর তার মৃতদেহের পাশে বসে

থাকতেন গিলগামেশ দিনের পর দিন। আর এক ভাবে তাকিয়ে বসে থাকতেন। একদিন সেই মৃতদেহের নাক দিয়ে একটা পোকা বেরিয়ে এল। আর সে মুহূর্তে গিলগামেশ তা দেখে প্রচণ্ড আতঙ্কিত আর ভয়ার্ত হয়ে পড়লেন। আর তিনি সাথে সাথে স্থির করলেন যে তিনি কোনদিন মরবেন না, মৃত্যু তাঁকে ছুঁতে পারবে না। তখন গিলগামেশ পথে বেরিয়ে পড়লেন এক যাত্রায় , পৃথিবীর শেষ পর্যন্ত যাবার বাসনা নিয়ে। পথে তাঁর সঙ্গে হিংস্র সিংহের সাথে লড়াই হল, ভয়ংকর কাঁকড়া বিছের সাথে যুদ্ধ হলো, আর অনেক মানুষদের সাথেও লড়াই হলো সেই যাত্রাপথে, প্রেতলোক বা পাতাল পুরি পৌঁছাবার পথে। সেখানে তিনি পাষাণ দিয়ে প্রস্তুত করা অজ্ঞাত - গুপ্ত - আর রহস্যময় উর্সানাবি র দেখা পেলেন। এই উর্সানবি হলো মৃত্যু নদী পারাপারের কান্ডারী। গিলগামেশ তখন সেই উর্সানাবি কে ধ্বংস করলেন। আর তখনই উত্নাপিষ্টিম এর দেখা পেলেন, সে ছিল সেই আদিম ভয়ংকর বন্যার পর একমাত্র জীবিত ব্যক্তি । এত কিছু করার পর ও কিন্তু গিলগামেশ তাঁর লক্ষ্যে পৌঁছাতে পড়লেন না, অর্থাৎ মৃত্যু জয় করতে পারলেন না। সেখানে থেকে তীব্র রিক্ত হস্তে প্রাসাদে ফিরলেন। তিনি পূর্বেও যেমন মরণশীল ছিলেন তখন ও তেমন ই মরণশীল রয়ে গেলেন। কিন্তু তাঁর এক বিশাল প্রজ্ঞা বা আত্মজ্ঞান লাভ হলো। তিনি জানালেন যখনই কোন প্রাণ জন্মলাভ করে তার ভবিতব্য বা অন্তিম গতি মৃত্যুতেই সমাপ্ত হয়। আর মানুষের এই সত্য স্বীকার করেই বেঁচে থাকতে হয়।

এ সব প্রাচীন গল্প গাথা। আধুনিক ঘনটারতন রা বলছে মানুষ মরবে বটে, মানে মরণশীল ই থেকে যাবে, তবে কোন

রোগ ভোগ বা শরীরের ভেতর কোন যন্ত্র বিকল হয়ে আর মরবে না। তাদের মৃত্যু হবে কোন দুর্ঘটনায় বা যুদ্ধে অস্ত্রের আঘাতে। আর সে দিন আসতে আর বেশি বাকি ও নেই। একদল অতি বিচক্ষণ বৈজ্ঞানিক বলতে শুরু করেছেন যে 2050 সালের মধ্যেই এই কীর্তি স্থাপন সম্ভব হবে (page no. 272, Sapiens by Yuval Noah Harari দ্রষ্টব্য)!

Nanotechnology বিশেষজ্ঞরা Bionic Immune System উদ্ভাবন করতে শুরু করেছেন, তাতে থাকবে লাখ লাখ nano robots, তারা মানুষের শরীরে কিলবিল করে ঘুরে বেড়াবে। মুহুর্তের মধ্যে নাড়ি, শিরা - উপশিরায় জমা রক্ত পরিষ্কার করে সচল করে দেবে। শরীরে কোন ভাইরাস বা ব্যাক্টেরিয়া ঢুকলে তাদের লড়াই করে পর্যুদস্ত করবে। ক্যান্সার cell ধ্বংস করবে। এমনকি শরীর কে বার্ধক্যগ্রস্থ হওয়া থেকেও রক্ষা করবে।

20th March, 2023

এই যে মহাবিশ্বের আকাশ, অনন্ত প্রসারী মহাশূন্য আর মানুষের এখনও অজানা মহাবিশ্বের মহাজগত , এ সবই বড্ড জ্ঞানীর সৃষ্টি.... এ সবই বড্ড জ্ঞানীর খেলে বেড়াবার আঙ্গিনা...... এখানে কোন মুহূর্ত পল সেকেন্ড মিনিট ঘণ্টা দিন রাত্রি সপ্তা মাস বছর যুগ নেই ...... এ সবই আমার কল্পনায় সৃষ্টি করেছি এই আমি বড্ড জ্ঞানী ঘুমপাড়ানি ।

- **** -

www.ingramcontent.com/pod-product-compliance
Lightning Source LLC
LaVergne TN
LVHW061556070526
838199LV00077B/7070
* 9 7 8 9 3 5 9 8 9 9 7 3 2 *